Zweimal Richtung Sonnenaufgang

Zweimal Richtung Sonnenaufgang

Barbara Zarman

Bibliografische Information der Deutschen Nationalbibliothek: Die Deutsche Nationalbibliothek verzeichnet diese Publikation in der Deutschen Nationalbibliografie; detaillierte bibliografische Daten sind im Internet über http://dnb.dnb.de abrufbar.

© 2016 Barbara Zarman, Zweitauflage

Herstellung und Verlag:

BoD – Books on Demand, Norderstedt

ISBN: 978-3-7347-8275-6

Li ~ 19. Dezember 1986

Es war bitterkalt gewesen ausserhalb des Zürcher Flughafens. Kein Wunder im Dezember. Mir war alles egal. Hauptsache weg. Nervös schaute ich über meine Schultern, obwohl ich eigentlich hätte sicher sein können, dass niemand mir folgte. Hatte ich doch alles minutiös geplant. Ein Round-The-World-Ticket und viel Bargeld in der Tasche. Viel? Ja, für meine Verhältnisse viel. Das Schicksal würde zeigen, wie weit ich damit kam.

Mein Blick fiel auf die blondgelockte, hübsche, junge Frau, die mir schon beim Einchecken etwas unbeholfen vorgekommen war. Sie schien traurig zu sein, obwohl sich hier, wie bereits beim Einchecken, zwei Männer gleichzeitig um sie bemühten. Das dicke Magazin, den Boardingpass und den restlichen Handtascheninhalt aufhoben. Der Versuch alles in die - zugegeben grosse - Louis Vuitton

Tasche zu verstauen, war offensichtlich misslungen.

Die Atmosphäre am Flughafen war wie immer. Ein buntes Gemisch aus Geschäftsleuten, Touristen, Abreisenden und Ankommenden. Auch der Panflötenspieler stand an seinem Platz beim Durchgang zur Abflughalle. Alles wie es sein sollte.

Einatmen, ausatmen, einatmen, ausatmen, ein kleines Beruhigungsmantra spielte sich in meinem Kopf ab. Netter Versuch, dachte ich bei mir, genau so nervös wie zuvor. Ich hoffte sehr, dass es mir einmal in der Luft besser gehen würde. Die Zeit verlief im Schneckentempo. Alle gefühlten dreissig Minuten schaute ich auf die Uhr, nur um festzustellen, dass keine fünf Minuten vergangen waren.

„Passengers for flight TG971 to Bangkok please proceed to the gate", tönte es zu meiner Erleichterung endlich aus den Lautsprechern. Zu allem Übel hatte es noch eine Verspätung und einen neuen Einstiegsort gegeben. Es war fast nicht zum Aushalten gewesen. Durchhalten, nicht auffallen, das war die Devise. Ich setzte das, was ich für mein

Pokerface hielt auf und begab mich zu meinem Fensterplatz knapp vor dem Flügel.

Das Flugzeug füllte sich mit dem üblichen Gedränge und den Versuchen, das Handgepäck, das eindeutig hätte aufgegeben werden sollen, über den Sitzen zu verstauen. Die beiden Plätze neben mir waren immer noch unbesetzt. Leise Hoffnung keimte in mir auf, sie würden es auch bleiben. Aber als ich sie den Gang hinunterkommen sah, war mir sofort klar, wer neben mir sitzen würde.

Das blonde Engelchen natürlich, deutlich verheult.

Maria ~ 19. Dezember

Nun war es nicht mehr zu ändern. Ich sass im Flugzeug. Erste Station Bangkok. Dort wollte ich nun eigentlich überhaupt nicht hin. Und trotzdem sass ich jetzt hier, neben einer versteinert ausschauenden Brunetten, die nicht einmal den Ansatz eines Lächelns gezeigt hatte, als ich mich setzte. Reiss dich zusammen Maria, jetzt wird nicht mehr geheult, dachte ich mir. Und schon schossen mir wieder Tränen in die Augen und liefen in Bächen meine sonst für ihre Lachgrübchen bekannten Wangen hinunter.

Ich wühlte in meiner grossen Handtasche nach Taschentüchern, als die Brunette mir drei Kleenex unter die Nase hielt und unwirsch sagte:

„Nimm schon!"

„Danke", schluchz, „ich heisse Maria und bin normalerweise eine Frohnatur."

Da mussten wir beide lachen.

„Hallo, kannst Li zu mir sagen, kommt vom englischen seriously, weil ich ein sehr ernsthafter Mensch bin."

Dies fanden wir nun wieder beide ziemlich lustig, hysterisch lustig.

„Falls es dich nicht stört, würde ich dir gerne erzählen, warum es mir gerade so mies geht", sagte Maria. „Ich hoffe immer noch, dass wenn ich es laut ausspreche, das Ganze etwas klarer wird. Es ist für mich alles so unbegreiflich. Wahrscheinlich sieht eine an der Geschichte unbeteiligte Person viel klarer. Ich bin sowieso ein Mensch, dem es schwer fällt etwas für sich zu behalten, wenn es mich beschäftigt. Ausserdem fliege ich zum ersten Mal und bin etwas nervös."

„Na denn los", meinte Li, „der Flug dauert recht lange, und ich habe gerade nichts Besseres zu tun."

Dies war Aufforderung genug für mich um loszulegen.

„Du musst wissen Li, ich bin jetzt gerade auf meinen Vorflitterwochen."

Li hob fragend eine Augenbraue.

„Ich beginne wohl am besten mit dem Anfang der Geschichte. Ich habe bis vor kurzem bei einem grossen Unternehmen als Assistentin eines Kadermitgliedes gearbeitet. Eines Tages öffnete sich die Türe und William kam herein, ein Amerikaner, der nach seinem Ingenieurstudium an einem fünfzehnmonatigen Austauschprogramm beim Konzern teilnehmen sollte. Es war Liebe auf den ersten Blick. William, gross, sportlich, dunkelhaarig mit den wunderbarsten blauen Augen, die die Welt je gesehen hat." Und schon liefen die Tränen wieder.

„Heul nicht, erzähl!", sagte Li.

„Wir wurden mehr oder weniger sofort ein Paar und verbrachten eine wunderbare, gemeinsame Zeit. Uns Beiden war klar, dass wir zusammenbleiben wollten, zumindest dachte ich dies bis vor kurzem. Nach ein paar Monaten, genauer gesagt am 15. Juli, wir sassen auf einer Parkbank am See, machte William mir einen Heiratsantrag, den ich freudig annahm.

Wir begannen unsere gemeinsame Zukunft zu planen. Wegen Williams Karriere beschlossen wir, mindestens die ersten paar Jahre unseres gemeinsamen Lebens in Amerika zu verbringen. Mit der Zeit kristallisierte sich unser Plan heraus. Wir wollten sofort nach Beendigung des Austauschprogramms aufbrechen. Eine mehrwöchige Reise, die oben erwähnten Vorflitterwochen geniessen und dann bei der letzten Station der Reise, in Amerika, heiraten und leben.

Wir entschieden uns, die Kosten zu teilen. Ich war für die Flugtickets zuständig, William für die Hotelbuchungen. Ich kündigte drei Monate im Voraus meine Stelle und meine hübsche kleine Stadtwohnung, die ich zuletzt mit William geteilt hatte. Ich verkaufte mein Auto und verschenkte oder verhökerte alles. Ausser zwei Kartonschachteln mit Fotoalben und sonstigen Erinnerungsstücken, die ich bei meiner Schwester in den Estrich stellen durfte und das, was ich dabeihabe, besitze ich nichts mehr.

Die letzten zwei Monate seines Austauschprogramms war William in eine Tochtergesellschaft des Konzerns in Deutschland versetzt worden und musste anscheinend sehr viel arbeiten. Wir telefonierten ab und zu. William war jedoch immer eher kurz angebunden und meinte, während der Reise hätten wir genügend Zeit uns auszutauschen.

Eine Woche vor der Abreise hätte er nach Zürich zurückkehren sollen, erschien aber nicht. Telefonisch war er auch nicht erreichbar. Bei der Filiale in Deutschland sagte man mir, er sei abgereist. Beim Haus in Zürich wurde mir mitgeteilt, man sei nicht befugt, mir eine Auskunft über den Verbleib von William zu erteilen. Eine ehemalige Kollegin rief mich dann privat an, um mir zu sagen, dass so viel sie wisse William nach Amerika abgereist sei.

Und so habe ich beschlossen, die Reise trotzdem anzutreten. Ich habe keine Wohnung, keine Anstellung und keine Möbel mehr. Heimlich habe ich natürlich gehofft, dass William mit einer simplen Erklärung am Flughafen auftauchen würde. Wie diese hätte aussehen sollen, ausser dem Nachweis eines kurzfristigen, totalen Gedächtnisverlustes, habe ich mir auch nicht vorstellen können, aber wie man so schön sagt: Die Hoffnung stirbt zuletzt."

Li ~ 20. Dezember

Diese Geschichte fand ich nun auch ziemlich übel. Meiner Meinung nach hatte dieser William ganz einfach kalte Füsse gekriegt und sich aus dem Staub gemacht. Ziemlich feige. Wahrscheinlich konnte sie froh sein, dass sie ihn noch rechtzeitig losgeworden war. Dies versuchte ich ihr mit etwas anderen Worten möglichst schonend beizubringen, merkte aber sofort, dass sie lieber eine andere Lösung von mir gehört hätte. Deshalb wechselte ich das Thema und erzählte ihr die Kurzversion meiner Story:

„Ich bin unterwegs nach Australien. Gehe dort eine Freundin besuchen. Lasse mir aber Zeit für den Weg."

Das schien ihr zu genügen. Danach wurde das relativ schmackhafte Essen serviert und es fing an zu schütteln. Quasi ein Naturgesetz. Kaum wird im Flugzeug Essen serviert, gibt es Turbulenzen.

Nach dem Essen musste ich wohl eingenickt sein. Maria ebenso. Geweckt wurden wir vom Frühstücksservice-Geräusch. Mein Nacken tat weh und mein Mund war unangenehm trocken. Trotzdem war ich froh wie seit langer Zeit nicht mehr. Dies war wohl der Grund warum ich sagte:

„Wollen wir uns in Bangkok zusammen ein Hotel suchen? Zu zweit ist es billiger und ich esse auch nicht besonders gerne alleine?"

Maria war spürbar erleichtert. Weiter als bis zum Flughafen hatte sie anscheinend bis anhin noch nicht geplant gehabt.

Müde vom Flug und ächzend nach frischer Luft strebten wir dem Ausgang zu. Die frische Luft konnten wir uns gleich abschminken. Feuchtheiss und abgestanden traf es eher. Normalerweise hätte ich am Flughafen ein paar Rucksacktouristen angesprochen und nach einer günstigen, sauberen Unterkunft in Bangkok gefragt. Wir hatten uns aber entschieden, ein Hotel der mittleren Preisklasse mit Pool auszusuchen, um uns besser von der langen Reise erholen zu können.

Aufs Geratewohl wählten wir das zweitoberste auf einer Tafel aus. Ein schwerer Fehler, wie sich des Nachts herausstellte.

An Schlaf war nicht zu denken. Das Zimmer nebenan wurde stundenweise für andere Aktivitäten genutzt. Maria, sowieso aus ihrer Komfortzone herausgerissen, da zum ersten Mal ausserhalb Europas, war erstens überhaupt nicht überzeugt, die Nacht unversehrt zu überstehen und zweitens lautstark am Verzweifeln.

Von mir aus hätte sie jederzeit verduften dürfen. Im Hotelzimmer in Bangkok, mit Freiern nebenan und einer jammernden Maria im Zimmer, war ich weder gewillt noch in der Lage, Trost zu spenden.

Doch dann sagte ich mir: Alleine wäre es auch nicht lustiger, was ja durchaus zutraf und schob einem Stuhl unter den Türknopf. Zum Glück gab es ein passendes Exemplar, das sehr gut eingeklemmt werden konnte. Zur weiteren Sicherung benützte ich einen Gürtel und einen Schal. Eine Sicherheitskette war bereits vorhanden. Tatsächlich, während der Nacht, in der wir beide nicht viel schliefen, wurde mehrere Male an der Türe gerüttelt. Ob als Versuch oder aus Versehen, wer weiss das schon.

Kaum war es hell, aus dem Nebenzimmer kam kein Ton mehr, gingen wir zu Fuss in ein nahe gelegenes Lokal, um einen scheusslichen Kaffee zu trinken und Spiegeleier auf Toast zu verspeisen.

Auf den Pool haben wir übrigens beide gerne verzichtet.

Maria ~ 21. Dezember

Mir dreht sich alles. Ich bin total übermüdet. Ich will nach Hause. Ich habe kein Zuhause mehr. Ich habe auch keinen Job mehr. Ich habe auch keinen Verlobten mehr, stöhn.

Li meinte, sie vertrage diese Stadt jetzt gerade nicht. Sie gehe zum Bahnhof und fahre mit dem Zug Richtung Malaysia.
Ich wollte auf keinen Fall alleine in Bangkok bleiben, weshalb ich sagte:

„Kann ich mitkommen? Ich weiss, dass William an verschiedenen Orten in Malaysia Hotels gebucht hat. Sein Vater war früher im Ölgeschäft tätig und hat ein paar Jahre in Malaysia gearbeitet. William hat die ersten Jahre seines Lebens dort verbracht und wollte mir unbedingt den einen oder anderen Ort zeigen.
Vielleicht erinnere ich mich ja mit der Zeit an etwas, das er mir erzählt hat. Ausserdem spricht man

in Malaysia englisch, da es lange Zeit eine englische Kolonie gewesen ist und mein Englisch ist gut genug, um mich verständigen zu können. Ich werde von dort aus nochmal versuchen, William zu erreichen. Vielleicht fällt mir auch ein Hotelname oder ein für ihn besonderer Ort ein, wo ich eine Weile warten und mir überlegen könnte, wie es mit mir weitergehen soll."

Mir fiel ein Stein vom Herzen, als Li ja sagte.

Wir fuhren mit dem Taxi - bedingt durch das Verkehrschaos nicht annähernd so schnell wie gewünscht - zum Bahnhof.

„Der Zug ist für die nächsten drei Tage ausgebucht, sorry", sagte der Mann am Schalter mit einem freundlichen Lächeln.

Ein Angestellter der North Tour Bus Agency hatte mitgehört. Offenbar wartete er dort nur auf verhinderte Zugreisende, um diese anzusprechen. Er offerierte uns eine Busreise mit Mahlzeiten, inklusive Schiffsüberfahrt nach Ko Samui zu einem, wie Li sagte, äusserst günstigen Preis.

Ich hatte bis anhin noch keinen Gedanken an Geld verschwendet. Am Flughafen hatten wir

Schweizerfranken in Baht gewechselt und etwas in einen gemeinsamen Topf eingezahlt, den Li verwaltete. Wenn mich nicht alles täuschte, wollte Li das Angebot annehmen und mich hier am Bahnhof in Bangkok stehen lassen, deshalb sagte ich schnell:

„Lass uns nach Ko Samui fahren Li und richtig Ferien machen. Wir können von dort aus immer noch weiter nach Malaysia."

„Das ist doch möglich?", fragte ich den North Tour Bus Angestellten, der bejahte.

„Ok", meinte Li.

Also liessen wir uns von dem North Tour Bus Angestellten in einem Tuk Tuk zum Büro der NTBA fahren. Dort mussten wir erst einmal bezahlen und erfuhren, dass der nächste Bus Richtung Surat Thani um sechzehn Uhr fahren würde. Das war in drei Stunden.

So gingen wir in den nahe gelegenen Shopping Komplex mit Kino, Hotel und Shops jeder Art. Wir waren aber zu müde um irgendetwas anzusehen, deshalb wechselten wir bei der ebenfalls inliegenden Bank nur je einen unserer Travellers Cheques ein.

Also zurück zum Warteraum. Endlich wurde es vier Uhr, aber nichts geschah. Auf unsere Nachfrage sagte man uns sehr freundlich, der Vier-Uhr-Bus sei leider schon voll gewesen, wir könnten den Sieben-Uhr-Bus nehmen. Ich wollte nur heulen.

„Seid ihr auch hungrig?" fragte der gutaussehende etwa Dreissigjährige, der wie wir keinen Platz mehr im Bus gefunden hatte.

Wie sich herausstellte, war Daniel Kanadier aus Quebec. Er war alleine unterwegs und traute sich nicht mehr zum Wartezimmer hinaus. Warum wurde klar, sobald wir im Restaurant sassen. Er hatte nämlich gesagt:

„Es geht noch ewig, bis der Bus fährt. Wir können ruhig etwas essen gehen."

Und so begaben wir uns in ein einfaches Restaurant gleich neben dem Busbahnhof. Und obwohl Daniel in unserer Begleitung war, wurde er ganz offensichtlich von den thailändischen Prostituierten angemacht, was wir schon etwas dreist fanden.

Wir kehrten zurück zum Busbahnhof und warteten. Unterdessen hatten sich auch noch ein irisches und ein australisches Pärchen dazugesellt.

Sieben Uhr war vorbei, als man uns endlich zu einer anderen Tour-Gesellschaft brachte, wo gesagt wurde, der Bus würde um acht abfahren. Zwei Stunden später ging's los. In aller Hast wurden alle auf einen offenen Lastwagen getrieben. Auf diesem waren schon andere Touristen und ein Berg von Kartonschachteln. Darauf fuhren wir um gefühlte hundert Ecken.

Später hielt der Bus an, und es wurde gedeutet, dass alle Passagiere aussteigen sollten. Weder der Fahrer noch sein Begleiter sprachen englisch, weshalb die etwa zwölf Touristen, alle Backpackers, sehr ratlos aber deutlich immer noch in Bangkok herumstanden. So kamen wir ins Gespräch.

Ein Belgier erzählte, er habe ursprünglich ganz Thailand bereisen wollen aber Bangkok sei so schön, er habe jetzt zwei Monate nur hier verbracht und leider nur noch wenig Geld, um den Rest des Landes zu bereisen. Und er berichtete von einem königlichen Tempel und von einem schwimmenden Markt und von anderen Sehenswürdigkeiten, dem guten Essen und der Freundlichkeit der Leute.

Li machte ein ziemlich betretenes Gesicht. Vermutlich bereute sie bereits, dass sie Bangkok gar nicht richtig angeschaut hatte. Sie sagte zu mir:

„Da sieht man es wieder, manchmal landet man einfach am falschen Ort und kriegt von einem Land oder einer Stadt nur ein winziges Teilstückchen mit, das einem nicht gefällt und dabei gäbe es so viel Schönes zu sehen."

Aber ich war einfach nur erleichtert, als ein moderner Bus um die Ecke fuhr und gezeigt wurde, man solle einsteigen und ich endlich aus dieser Stadt rauskam.

Cooper ~ 21. Dezember

Ja aber hallo, dachte ich, als ich die beiden jungen Frauen einsteigen sah. Das ist aber einmal eine willkommene Abwechslung! Beide Frauen waren ausgenommen hübsch. Die Eine blondgelockt, mittelgross, mit einer fraulichen aber auch sportlichen Figur, die in jedem Bond-Film eine Bereicherung gewesen wäre. Die Andere mit langen, dunkelbraunen, glatten Haaren, ein Stück kleiner und schon fast etwas zu schlank. Sie sah genau so aus, wie ich mir als Teenager meine Buchheldin aus dem Volk der Cheyenne vorgestellt hatte.

Ein ungleiches Paar. Die Blonde, chic angezogen, helle Leinenhosen und eine dazu passende Bluse mit einer auffälligen, übergrossen Handtasche im Arm. Die Dunkelhaarige, legere in Jeans mit T-Shirt, ein kariertes Hemd um die Hüften gebunden.

Ich war nicht zum ersten Mal auf dieser Route unterwegs und wusste, dass nach ca. fünf Stunden eine Rast eingeschaltet werden würde. So lehnte ich mich entspannt in meinem Sitz zurück und drückte „Play" auf meinem Walkman. Titel Nummer vier „Riders on the storm" von den Doors, immer eine gute Wahl auf Reisen, verwöhnte meine Ohren.

Irgendwo im nirgendwo stand die Raststätte, die von Bus- und Lastwagenfahrern gleichermassen frequentiert wurde. 24 Stunden 7 Tage in der Woche geöffnet. Es gab immer warmes Essen, und auch die Toiletten genügten.

„Girls", sagte ich, „besser ihr esst was, denn die Nacht ist noch lange, die Fahrt auch, und ich lade euch danach auf einen Drink ein. Darum ist es gut, wenn ihr etwas Boden habt. Schaut mal, dieses Curry ist ausgezeichnet und auch nicht ganz so scharf, wie die anderen Gerichte. Nehmt auch genügend Reis."

Dann stellte ich mich vor, indem ich mein hoffentlich charmantestes Lächeln zeigte.

„Schön euch zu treffen. Ich heisse Cooper und bin Australier, genauer gesagt aus New South Wales."

„Li und Maria aus der Schweiz", sagte Li, zwar einigermassen freundlich aber mit einem taxierenden Blick. Maria, anfangs noch etwas überrumpelt, taute in Sekundenschnelle auf und liess zum ersten Mal ihr bezauberndes Lächeln mit den Grübchen sehen.

Li ~ 22. Dezember

Ja natürlich, dachte ich mir. Das passt. Auf einen Beschützer fliegt sie, die liebe Maria. Innerlich verdrehte ich die Augen. Andrerseits musste ich schon zugeben, dass Cooper ein besonders schönes Exemplar eines Beschützertypen darstellte.

Etwas grösser als mittelgross, durchtrainierter, sehniger Körper. Die Art von Muskeln, die nicht im Fitness-Studio erworben werden können. Jeans, weisses T-Shirt ohne Aufdruck. Schön gebräunt, mit dem Anflug eines 3-Tage-Bartes. Braune, oben von der Sonne gebleichte, offenbar schwer zu bändigende Haare. Grüne, wache Augen mit einem dunklen Wimpernkranz und ein voller Mund. Und dann das Lächeln, das blendend weisse Zähne zeigte. Dass ein Eckzahn leicht kürzer war, machte es irgendwie doppelt attraktiv.

Ich beschloss, dem Typen eine Chance zu geben. Er hatte ja Recht. Die Fahrt dauerte noch lange, und Cooper machte den Eindruck, als ob er sich auskenne, da konnte man nur profitieren.

Wir tauschten nach dem Essen unsere Plätze und setzten uns zu Cooper auf die hinterste Bank. Er hatte sich wirklich Mühe gegeben. Er hatte die Zeit genutzt und vier Becher, einen fürs Eis, Cola und eine Flasche Mekong Whiskey organisiert. Es wurde eine unterhaltsame und interessante Fahrt. Cooper erzählte uns von Australien und von Tieren, deren Namen ich noch nie zuvor gehört hatte. Irgendwann kippte Maria seitlich weg und war eingeschlafen.

Cooper und ich unterhielten uns, bis der Morgen dämmerte und wir Surat Thani erreichten. Es war schon eine ganz spezielle Nacht. Noch nie hatte ich mich mit Jemandem, den ich gar nicht kannte, so lange und so - vertraut war wahrscheinlich das richtige Wort - unterhalten. Ich hätte gerne mehr Zeit mit ihm verbracht, aber Trennungen schienen zu meinem Leben zu gehören. Ich musste sie hinnehmen, das hatte ich gelernt. Aber als ich sagte:

„Es war schön dich kennengelernt zu haben", meinte ich es ehrlich.
Und als er dann sagte:

„Es war noch viel schöner, dich ein wenig kennenzulernen", tönte es auch aufrichtig und etwas flügelähnliches flatterte kurz in meinem Bauch.

Cooper schenkte uns noch ein letztes Lächeln und weg war er.

Maria ~ 22. Dezember

Zu schade, dass Cooper scheinbar keine Zeit für einen Abstecher nach Ko Samui hatte. Ich hatte mich ausgesprochen wohl gefühlt mit ihm. Wenn ich nicht so verliebt in meinen William gewesen wäre, hätte er mir schon gefallen können. Trotzdem wollte ich lieber bei Li bleiben. So alleine mit einem Mann reisen, das wollte ich nicht riskieren. Ich kannte ihn ja auch gar nicht richtig und ausserdem hätte er meine Begleitung vielleicht gar nicht gewollt.

Ja gut, ich hatte gemeint, William richtig zu kennen und wohin hatte das geführt. Nach Surat Thani, so einer nichtssagenden Stadt in Thailand mit einem Hafen.
„Im Zweifelsfalle folge man auf Reisen den Massen", eine von Lis vielen Reise-Weisheiten, wie ich im Laufe der Zeit noch merken sollte, kam zur Anwendung. Darum folgte ich Li und den anderen

Touristen wortlos zum Hafen, wo man ein Boot bestieg für die Überfahrt nach Ko Samui.

Der Kahn sah aus, als hätte er auch schon bessere Zeiten gesehen - vor ungefähr hundert Jahren. Dies schien aber niemanden ausser mir wirklich zu stören. Ich fühlte mich total fehl am Platz. Hatte ich doch für meine Vorflitterwochen nur die schönsten Sachen eingepackt und dies in einen Louis Vuitton Koffer, den ich von meiner Schwester als Abschiedsgeschenk erhalten hatte, zusammen mit der dazu passenden Handtasche. Rundherum sah ich Menschen in abgewetzten Jeans, mit verwaschenen T-Shirts und Rucksäcken. Die konnten natürlich irgendwo sitzen, da spielte es wirklich keine Rolle.

Die Überfahrt verlief einigermassen ruhig und hätte mir - mit William an meiner Seite und auf einem schöneren Schiff - sogar sicher gefallen. So sass ich da auf meinem Schal aus reiner Kaschmirwolle, den ich als Unterlage benutzte, um meine Hosen nicht schmutzig zu machen. Ich haderte mit meinem Schicksal, während Li mit einer Gruppe Skandinaviern quatschte.

Irgendwann hatte ich aber genug Trübsal geblasen und gab mir einen Ruck. Ich würde ab sofort im Hier und Jetzt leben und das Beste aus meiner Situation machen. Hatte ich mir doch früher immer gedacht, mein Leben könnte etwas abenteuerlicher verlaufen. Und so schaute ich zum ersten Mal bewusst meine Umgebung an und sah, wie sich die Fähre durch das türkisfarbene Wasser pflügte und auf eine palmengesäumte Insel zusteuerte, bei der Robinson Crusoe starke Heimatgefühle entwickelt hätte.

„Wow", sagte ich zu Li, „ich glaube hier wird es mir gefallen!"

Li ~ 22. Dezember

Als ich zuhause von meiner Reise geträumt und alle möglichen Pläne geschmiedet hatte, war ich in einem Reiseführer in der Bibliothek auch auf Ko Samui gestossen. Ich hatte mir aber keine Notizen gemacht. Gemäss den Skandinaviern auf dem Boot waren die Namen der schönsten Strände Lamai und Chaweng.

Kaum auf der Insel angekommen, hatten sich unsere Mitreisenden scheinbar in Luft aufgelöst. So drängten sich Maria mit ihrem umständlichen Gepäck und ich zu anderen Leuten in ein Sammeltaxi. Wir waren beide natürlich bereits wieder schweissgebadet. Es war ja auch schon um die Mittagszeit.
Wir fuhren in den Osten der Insel zur Lamai Beach. Dort stiegen wir aus und quälten uns von einer Bungalow-Anlage zur nächsten. Die ganze Strecke vom Süden der Beach bis in den Norden. Es gab keinen einzigen freien Bungalow. Kein

Wunder eigentlich. Zwei Tage vor Weihnachten, die absolute Hochsaison!

Maria war bereits wieder in Tränen aufgelöst und ehrlich gesagt, wäre ich dies auch gewesen, wenn ich so einen Koffer hätte mit mir herumschleppen müssen. Irgendwann sagte einer der Bungalow-Vermieter:

„Schaut, ihr werdet weder an dieser Beach, noch an der Chaweng Beach ein freies Plätzchen finden. Fahrt zurück nach Na Thon. Am besten fragt ihr dort bei den Sammeltaxifahrern rum. Die wissen meistens Bescheid, wo es noch etwas frei hat.

Zurück im Hauptort, tranken wir erst einmal eine grosse Cola mit Eis und Zitrone. Es musste sein, auch das Eis. Ich war mir bewusst, dass wir nicht mehr viel Zeit hatten. Um sechs Uhr wird es dunkel in Asien und ich wollte dann auf keinen Fall ohne Zimmer dastehen. Eines mussten wir aber vorher noch erledigen.

Wir tauschten Marias Louis Vuitton Koffer gegen einen Rucksack, eine billige Umhängetasche aus Plastik, ein paar Pluderhosen und ein farbiges Batik-T-Shirt. Gegen einen Aufpreis, den Maria bezahlen musste. Von dem Ungetüm einer Handtasche konnte sie sich nicht trennen. Wenigstens passte sie in die neue Plastiktasche. So waren wir etwas beweglicher.

Zu unserem Glück hatte der Ladenbesitzer, Somchai hiess er, einen Cousin, der in einer Bungalow-Anlage an der Mae Nam Beach arbeitete und wusste, dass es dort noch freie Bungalows gab. So fuhren wir also diesmal die Westseite hoch in den Norden.

„Ein Tag und wir haben praktisch die ganze Insel gesehen", meinte ich mit dem Versuch eines Scherzes.

„Ja", meinte die völlig übermüdete Maria, „ein richtiges Juwel!" Und wir brachen beide in hysterisches Lachen aus.

Irgendwann hielt der Sammeltaxifahrer an und deutete, wir sollten aussteigen. Somchai, der mit dem Koffer vermutlich den Deal seines Lebens gemacht hatte, hatte den Fahrer vorher auf thailändisch instruiert und wir konnten nur darauf vertrauen, dass wir nicht in eine Falle gelockt wurden.

Doch da! Angenagelt an eine Palme sahen wir ein Brett mit einem Pfeil - Phalarn Inn 500 m.

Maria ~ 22. Dezember

Ich war recht stolz auf mich. Hatte ich heute doch nur etwa fünf Mal geweint. Davon dreimal nur innerlich. Auch hatte ich es geschafft, die ganze Zeit mehr oder weniger mit Li Schritt zu halten auf der Suche nach einer Bleibe. Ich versuchte mir einzureden, dass Adriana mir verzeihen würde, dass ich den teuren Koffer gegen einen Rucksack eingetauscht hatte. Tatsache war, dass sie weder für diese Aktion noch für meine verzweifelte Abreise auch nur das geringste Verständnis aufbringen würde. Ihrer Meinung nach hätte ich sofort eine neue Arbeit und eine neue Wohnung suchen müssen.

Meine grosse Schwester. Sie schien immer genau zu wissen, was richtig war und was falsch. Da gab es keine Zweifel, niemals! Ich hingegen hatte manchmal das Gefühl, nur aus Zweifeln zu bestehen. Ob ich mir nun ein paar Schuhe oder einen Beruf aussuchen musste, es war immer dasselbe. Grün wäre schön oder auch rot! Dentalassistentin, Modedesignerin, Apothekerhelferin? Hier war Adriana resolut geblieben. Du wählst einen kaufmännischen Beruf, hatte sie gesagt, und ich war damit auch einverstanden gewesen.

Mein ganzes Leben war ich voller Zweifel gewesen, bis auf den Tag, an dem ich William traf. Da wusste ich auf der Stelle: Dies ist mein Mann, der gehört zu mir. Also nein, ich würde noch nicht aufgeben. Ich würde zuerst ein wenig ausruhen - Gott, war ich müde - und dann würde ich in aller Ruhe und überlegt alle Fakten zusammentragen die ich hatte, und eine logische Schlussfolgerung ziehen. Das würde ich tun, genau das.

Während meiner Überlegungen waren wir einem Trampelpfad unter Kokospalmen gefolgt. Ab und zu trafen wir auf ein Schild: Achtung fallende Kokosnüsse. Somchai hatte mit einem freundlichen Lächeln erwähnt, dass gerade letzte Woche ein Schweizer ins Spital hatte gebracht werden müssen, der im Phalarn Inn gewohnt hatte. Wegen einer fallenden Kokosnuss. Schlüsselbeinbruch.

„Lucky!", hatte er noch gesagt. Und tatsächlich hatte der wohl enorm Glück gehabt, war ihm die Kokosnuss nicht auf den Kopf gefallen.

Es war ein lichter Palmenhain, den wir durchwanderten. Die Kokospalmen standen etwa zwanzig Meter hoch und zweimal unterwegs hörte ich ein dumpfes „Plopp" als eine Kokosnuss auf dem Boden aufschlug. Zum Glück in einigem Abstand! Ich nahm mir vor, diesen Weg nur zu gehen, wenn es wirklich unbedingt sein musste. Ein Spitalaufenthalt in diesem fremden Land wäre der absolute Albtraum für mich gewesen.

Die 500 Meter schienen auch „leicht" untertrieben zu sein. Es wollte und wollte nicht enden. Aber da, zwischen den Palmen hindurch, war das Blau des Meeres zu sehen und auch einzelne verstreute Holzhütten. Holzhütten? Man hatte immer nur von Bungalows gesprochen und ja, auch an der Lamai Beach hatte es Bungalows aus Holz gegeben. Aber was ich hier sah aus der Ferne, wirkte in etwa wie eine Hütte aus einem Robinson Spielplatz.

Ich seufzte innerlich. Das hatte ich mir angewöhnt, das innerlich Seufzen, weil ich gespürt hatte, dass Li drauf und dran war, mich irgendwo an einem Strassenrand stehen zu lassen.

Li ~ 22./23. Dezember

Gerade noch geschafft, dachte ich, als ich von Kum den Schlüssel zur Villa Dario No. 9 ausgehändigt bekommen hatte. Es musste gegen sechs Uhr abends zugehen. Die Dämmerung hatte schon eingesetzt. Kum und sein Bruder Dara führten offenbar das Phalarn Inn. Zwei Schwestern waren auch noch in der Küche beschäftigt. Man hörte sie schwatzen und kichern, aber zu sehen waren sie nur als vorbeihuschende Schatten. Kum führte uns zu unserem Häuschen.

Etwas vom Strand zurückversetzt, aber mit freiem Ausblick aufs Meer, war es der wahr gewordene Traum. Natürlich war es einfach. Ein Holzhäuschen halt, mit zwei Betten, einem Holztisch mit Stuhl. Ein paar Nägel in der Wand anstelle eines Schrankes. Das Badezimmer enthielt nur das Allernötigste. Es schien sauber zu sein. Man konnte es aber nicht so richtig erkennen, da die einzelne

Glühbirne, die von der Decke baumelte, nur wenig Licht abgab. Das Schönste am Häuschen war die Veranda, mit einem Tischchen, zwei Korbstühlen und dem phantastischen Ausblick aufs Meer.

Der Strand war palmengesäumt. Wie wir am nächsten Tag zu unserer Beruhigung feststellen konnten, wurden die Kokosnüsse in Strandnähe regelmässig gepflückt, so dass keine Gefahr für die Gäste bestand. Das Phalarn Inn bestand aus vielleicht zwölf dieser Häuschen auf einem riesigen Gelände. Was für ein Unterschied zu dem Gedränge an der Lamai Beach! Zugegeben, der Strand auf der anderen Seite war schon unglaublich schön und auch gepflegt gewesen, während bei uns das Strandgut mit Ebbe und Flut kam und ging.

Beim Abendessen sahen wir einige der anderen Häuschenbewohner. Ein holländisches, verliebtes Pärchen, das offenbar in Ruhe gelassen werden wollte. Zwei Jungs mit gepackten Rucksäcken, die scheinbar noch diese Nacht weiter wollten. Wohin wohl? Und Ulrike und Thorsten, ein deutsches Pärchen, das uns ausführlich ihre Reiseerlebnisse erzählte.

Das Essen war ausgesprochen gut. Reis mit Gemüse und Hühnchen. Ich war froh, nichts sagen zu müssen. Ich war unbeschreiblich müde. Auch von Maria hörte man keinen Ton. Nach dem Essen geleitete uns Kum zu unserer Villa. Ich hatte vergessen, eine Taschenlampe ins Restaurant zu nehmen, und der Weg durch die Palmen war unbeleuchtet. Kum hätte gerne noch etwas mit uns gequatscht, aber für uns war Feierabend. Schnell die Zähne geputzt, vorsichtshalber mit einer gekauften Flasche Wasser gespült, ins Bett gesunken, geschlafen.

Ich erwachte, kroch aus dem Bett nur um mich gleich wieder in einen der Korbstühle auf der Terrasse fallen zu lassen. Gnädigerweise lag sie um diese Tageszeit im Schatten. Ich schaute aufs Meer hinaus und wieder erwachte dieses kleine, frohe Gefühl in mir.

Ein paar Minuten später wechselte ich in meinen Bikini und watete ins Meer. Es war angenehm warm, klar und wurde erst nach ein paar Schritten tiefer. Ich liess mich hineinfallen, drehte mich auf den Rücken und schaute Richtung Strand. Da lag sie, meine Villa Dario No. 9.

Maria kam eben verschlafen zur Türe heraus. Links und rechts palmengesäumter Strand und ein paar verstreute Holzhäuschen. Ganz weit links wurde der Strand breiter. Möglicherweise lag da das Hotel, von dem Ulrike und Thorsten erzählt hatten. Es verfüge über ein Restaurant, eine Bar und einen kleinen Shop wo man Sonnencrème usw. einkaufen könne. Gut zu wissen, dachte ich, stieg aus dem Wasser und winkte Maria, die sich suchend umgeschaut hatte.

„Lass uns frühstücken gehen, ich bin am Verhungern. Muss nur noch schnell unter die Dusche."

Maria ~ 23. Dezember

Schnell wird es vermutlich nicht gehen, dachte ich bei mir. Ich hatte vorher in das dunkle Badezimmer hineingeschaut und kurz den Hahn aufgedreht. Kein Warmwasser natürlich, trotzdem tröpfelte es lauwarm aus der Brause. Eine kurze Katzenwäsche tut es auch für den Anfang, nach dem Frühstück sehen wir weiter, hatte ich mir gedacht, während mein Bauch knurrend nach Essen verlangte.

Das Frühstück war im Preis inbegriffen und bestand aus einem leckeren, tropischen Fruchtsalat, gebratenen Eiern und einer Art Toast. Der Preis für das ganze Arrangement war derart günstig, dass man problemlos hätte Jahre hier verbringen können. Es gab auf dem Gelände so einen Typen. Hüftlange Haare, etwas in die Jahre gekommen, Einzelgänger. Jedoch grüsste er jeweils von Ferne freundlich mit einem - wie ich annehme – Hippiegruss:

Ausgestreckter Arm, offene Handfläche, eine Kreisbewegung und dann ein Peace-Zeichen und ein verträumtes Lächeln. Li und ich fanden dies so toll, dass wir es sofort übernahmen.

Zurück in unserer „Villa" legte sich Li mit einem Buch in den Schatten einer Palme und ich packte mein Schreibzeug aus, um mit meinen Notizen anzufangen. Zuerst würde ich versuchen, den Zeitplan unserer Vorflitterwochen zu rekonstruieren. Da ich keine Hotelbuchungen vorgenommen hatte und das Ticket ein „Open Ticket" mit verschiedenen Stationen war, die man jeweils bestätigen lassen musste, würde mein Zeitplan grösstenteils auf Vermutungen basieren.

Ich wusste, wann wir geplant hatten, in den USA anzukommen, und ich hatte eine ungefähre Vorstellung von den Aufenthaltslängen. Zum Beispiel hatten wir pro Stadt jeweils drei Nächte vorgesehen. Ich würde also zuerst den Anfang und den Schluss der Reise eintragen und dann versuchen, die Lücken zu füllen.

Zeitplan Vorflitterwochen

19.12. Abflug Zürich-Flughafen

20.12. Ankunft Bangkok - 3 Übernachtungen

23.12. Inlandflug nach Phuket

(nicht in meinem Ticket inbegriffen)

ca. 1 Wo Aufenthalt in der Honeymoon-Suite eines 5*-Hotels (Annahme bis über Silvester)

1./2.1. Irgendwie weiter nach Malaysia

Ich grübelte, ob William mehr über die Inlandflüge oder die Hotels gesagt hatte, aber es fiel mir nichts ein. Also weiter:

Stationen in Malaysia

(dringend, Landkarte besorgen!!!)

Penang

Irgendwelche Highlands

Kuala Lumpur

20.1. Singapur

23.1. Bali

7.2. Tokyo

14.2. Ankunft New York und Weiterreise nach Boston

Zufrieden, dass sich wenigstens der Hauch eines Plans entwickelte, suchte ich mir meine eigene Palme und döste kurz darauf ein.

Li ~ 24. Dezember

Der zweite Tag verging wie der erste. Strand, essen, schlafen. An Heiligabend, wir sassen gerade gemütlich im Restaurant mit ein paar anderen Gästen, merkten wir, dass im Phalarn Inn jeweils um zehn Uhr abends Schluss gemacht wurde. Der Generator wurde abgeschaltet, Feierabend.

Kum, Dara und die Schwestern waren natürlich auch schon wach und da, sobald es hell wurde. Einer der Brüder war immer vor Ort und hatte ein Nachtlager hinter der Bar, falls jemand in der Nacht ankam oder abreiste was häufiger passierte, als man annehmen würde.

So kauften wir zur Feier des Tages eine Flasche Mekong Whiskey, Cola, ein paar Kerzen und Streichhölzer und zogen uns zur Villa Dario zurück. Mit den Drinks in den ausgeliehenen Gläsern und den Kerzen auf der Balustrade unserer Veranda, war uns recht weihnachtlich zumute. In dieser

Nacht wurden wir Freundinnen, Maria und ich. Zuerst tranken wir ein paar Gläser Whiskey und Cola, bei denen wir Cooper, der uns mit diesem Getränk vertraut gemacht hatte, hochleben liessen. Auch auf das Wohl des abwesenden William stiessen wir an. Danach sangen wir begleitet vom Meeresrauschen alle Lieder, die uns in den Sinn kamen. Spät in der Nacht erzählte ich Maria meine Geschichte.

„Mein leiblicher Vater ist beim Bergsteigen tödlich verunfallt, da war ich vier Jahre alt. Ich habe praktisch keine Erinnerungen an ihn. Ich habe Fotos gesehen, und früher hat meine Mutter ab und zu von ihm erzählt. Aber was meine Erinnerung ist und was ihre Erzählung, das kann ich nicht unterscheiden.

Wir haben ein Innendekorationsgeschäft. Als ich zehn war, hat meine Mutter Martin geheiratet, mit dem sie, nach dem Tod meines Vaters, gemeinsam das Geschäft geführt hat. Wir hatten ein paar gute Jahre als Familie. Dann wurde meine Mutter krank, Krebs. Sie war dauernd in der Chemotherapie oder geschwächt davon und brauchte viel Ruhe.

Ich brach das Gymnasium ab und half im Laden. Martin ging an Messen und war generell für die Kundensuche und Kundenbetreuung zuständig. Das Geschäft lebte nicht vom Ladenverkauf, sondern von Wohnungseinrichtungen bei reichen Leuten, zu denen Martin unterwegs Verbindungen knüpfte.

Mutter war dagegen gewesen, dass ich die Schule abbrach, sie kannte meinen Wunschberuf Innenarchitektin. Aber weil wir oben am Geschäft wohnten, und ich sie deshalb sehr viel öfters sehen konnte und auch in Notfällen zur Stelle war, hat sie nachgegeben. Zudem war Martin ganz auf meiner Seite gewesen und hatte gemeint, ich könne dann immer noch zur Schule gehen, wenn meine Mutter wieder gesund sei.

Dies ging ein paar Jahre so. Wir hatten nicht viel Geld. Wie Martin sagte, verschlangen die Krankheitskosten meiner Mutter und unsere normalen Lebenskosten alle unsere Einkünfte. Also bezog ich kein Gehalt, nur ein Taschengeld. Meine Mutter bestand darauf, dass ich jedes Jahr einen Monat auf Reisen ging. Sie meinte, es sei wichtig, ab und zu den Kopf zu lüften. Dafür setzte ich das gesparte Taschengeld ein. Meine Freundinnen hatten sich längst zurückgezogen. Ich hatte einfach zu wenig Zeit für sie und führte ein ganz anderes Leben, es passte nicht mehr.

Eines Tages kam eine Kundin in den Laden. Sie sei zufällig in der Gegend und wolle sich jetzt doch einmal das Geschäft von Martin und seiner charmanten Frau ansehen. Es sei ja wieder sooo nett gewesen in St. Moritz letzten Winter. Ob er oder die Frau Gemahlin zufällig im Laden sei? Ich verneinte dies, sie seien beide nicht in der Stadt. Sie meinte: Oh wie schade, schaute sich etwas um, kaufte eine dieser teuren Tiffany-Nachttischlampen und verschwand wieder.

Natürlich fing ich nun an zu grübeln. In einer guten Phase konnte meine Mutter den Weg ins Spital alleine bewältigen. Dies war nun aber schon seit mehreren Monaten nicht mehr vorgekommen. In St. Moritz war sie bestimmt nicht gewesen. Nicht dieses, nicht letztes und überhaupt kein Jahr soweit ich mit entsinnen konnte.

Martin war immer gut gebräunt. Er gehe regelmässig ins Solarium, ein gebräunter Teint sei gut für den Verkauf. Ich hatte bis anhin gar nie darüber nachgedacht, wie oft dieser Mann unterwegs war. Er interessierte mich nicht sonderlich und ich hatte es als Vertrauensbeweis gesehen, dass er mich den Laden selbständig führen liess. Das Dekorieren des Geschäftes machte mir grosse Freude. Nun aber, da mein Misstrauen geweckt war, fand ich beinahe täglich neue Hinweise, die auf sein Doppelleben hinwiesen.

Ich entschied mich dagegen, meine Mutter einzuweihen und mit ihr darüber zu sprechen. Sie war eine kluge Frau, meine Mutter. Ich konnte mir nicht vorstellen, dass sie nicht ahnte, dass da noch eine andere Frau im Spiel war. Sie hatte wohl einfach nicht die Kraft, irgendetwas zu unternehmen und vielleicht auch ein gewisses Verständnis dafür, dass sich Martin ausser Haus amüsierte. Sie war vor der Krankheit eine unternehmungslustige Person gewesen. Ich könnte mir sogar vorstellen, dass sie mir zuliebe nichts sagte, mir nicht die Vaterfigur auch noch nehmen wollte, falls sie nicht mehr gesund werden würde.

Stattdessen fing ich an zu stehlen. Kleine Beträge aus der Haushaltskasse. Verkäufe, die ich nicht in die Ladenkasse tippte, sondern handgeschriebene Quittungen schrieb, unter dem Vorwand, die Kasse sei blockiert. Und ich sparte mein Taschengeld. Ich möchte anfügen, dass ich, bevor ich anfing zu stehlen, noch versucht habe, mit Martin über Geld zu reden. Der hatte wie immer abgeblockt und aufgezählt, was meine Mutter und ich alles kosten würden, dass das Ladenlokal nicht rentiere, und was er alles ins Geschäft stecken müsse usw. usw.

Meine Mutter starb an einem Samstag. Fünf Tage später wurde sie beerdigt. Am sechsten Tag danach trafen wir uns im Flugzeug. Ich werde dir nichts über ihre letzten Tage und Wochen erzählen. Es fällt mir zu schwer.
Du fragst dich vielleicht, warum ich nicht weine und auch im Flugzeug nicht geweint habe. Glaube mir, ich weine, ich weinte und ich werde weinen.

Ich weine für all die Jahre, die meine Mutter nicht erleben darf. Ich weine für all die Jahre, die sie krank sein musste. Ich weine für mich, die ich eine kranke Mutter hatte und ich weine für alle kommenden Jahre, in denen ich keine Mutter mehr haben werde. Aber ich weine alleine."

Nicht an diesem Abend, an diesem Abend weinte Maria mit mir.

Maria ~ 25. Dezember

Ich war froh hatte sich Li mir gegenüber geöffnet, und ich kannte sie mittlerweile auch gut genug, um zu wissen, dass dieses Thema, wenigstens für den Moment, abgeschlossen war.

Irgendwann würde ich sie fragen, warum sie es vorgezogen hatte, das Geld für die Reise zu stehlen. Sie war ja sicher erbberechtigt. Zudem hätte sie diesen Martin ja auch auf Lohnnachzahlungen verklagen können. Meiner Meinung nach hatte Li überhaupt keinen Diebstahl begangen, sondern sich wenigstens ein wenig Gerechtigkeit verschafft. Ich konnte aber gut verstehen, dass sie wohl einfach so schnell wie möglich weggehen musste.

Für heute war Ablenkung angesagt. Und da Ulrike und Thorsten uns immer so schön informierten während des Abendessens, wusste ich auch vom Big Buddha. Es war übrigens unglaublich, was die Schwestern von Kum und Dara alles auf ihrem kleinen Gaskocher und über offenem Feuer herzaubern konnten. Darum sagte ich:

„Heute gehen wir uns den Big Buddha anschauen."

Li war sofort damit einverstanden. Wir liefen zur Strasse und schon nach wenigen Minuten hielt ein Sammeltaxi für uns an.

Big Buddha entsprach nicht ganz meinen Vorstellungen. Ich hatte bis anhin immer gemeint, alle Buddha Statuen seien rundlich mit Bauch. Dieser hier war aber schlank. Dafür hatte er einen milden Gesichtsausdruck und ein wissendes Lächeln.

Ich fand die Landschaft um ihn herum sehr schön. Es gab auch einen Markt, wo ich mir einen Ring kaufte und eine Postkarte für Adriana. Und da wir schon mal unterwegs waren, fuhren wir auch noch zur Chaweng Beach.

Ein sehr schöner Strand. Alle Restaurants und Unterkünfte sehr stylish. Wäre ich mit William hierhergekommen, hätten wir ganz bestimmt einen Bungalow an diesem Strand genommen. Li und ich setzten uns in eines dieser etwas erhöhten, den Strand überblickenden Restaurants.

Wir bestellten uns einen kühlen Drink, lehnten uns zurück in die schönen Rattanstühle mit den bequemen, gepolsterten Kissen. Musik tönte aus den Lautsprechern. Junge, hippe Leute sahen und wollten gesehen werden. Und wir beide sagten gleichzeitig:

„Bin ich froh wohne ich nicht hier." Natürlich war es da um uns geschehen und wir lachten uns – ganz uncool – schlapp.

Cooper ~ 26. Dezember

Dass ich die Frau schon kannte, war Zufall und wiederum auch nicht. Ich war schon immer mit offenen Augen durch die Welt gegangen. Als ich also im Büro der internationalen Detektei in Singapur, bei meinem Brötchengeber Edward Chung, das Fahndungsfoto sah, fand ich es zwar nicht sonderlich gut getroffen, war aber auch nicht überaus erstaunt.

Meinen letzten Auftrag, den achtzehnjährigen Ausreisser eines reichen Industriellen zu orten, hatte ich soeben erfolgreich hinter mich gebracht. Der sass jetzt, zusammen mit einer Begleitperson, im Flugzeug auf der Heimreise. Wie erwartet hatte ich ihn in Penang eingeholt. Nicht dass er sich darüber besonders gefreut hatte. Seine Dankbarkeit hatte sich sehr in Grenzen gehalten. Sein Vater dagegen war froh und äusserst spendabel gewesen. Der Angestellte, der als Begleitperson abkommandiert worden war, hatte mir quasi als Trinkgeld ein mit Geldscheinen gefülltes Couvert in die Hand gedrückt.

Ich war nicht fest angestellt beim Büro. Ich übernahm einzelne Aufträge, wenn es mich interessierte, oder wenn ich Geld brauchte. Ehepartner Observierungen machte ich nur, wenn mir das Wasser bis zum Hals stand, und auch Überwachungen in Firmen waren nicht mein Ding. Sobald etwas aber mit Reisen zu tun hatte, Leute unterwegs aufspüren, da war ich der richtige Mann.

Nach meinem Studium als Landschaftsgärtner hatte ich die Gelegenheit gehabt, mit einem guten Bekannten der Familie als „Mann für alles" nach Singapur zu reisen. Ich half den Umzug vorzubereiten, das neue Haus in Singapur einzurichten, eine Putzfrau, einen Chauffeur und einen Gärtner einzustellen. Der Mann war Banker und hatte jede Menge Geld, dafür überhaupt keine Zeit. Ich hätte noch lange an dieser Stelle bleiben können, aber ich fand es nicht richtig, Geld zu kassieren, ohne dafür zu arbeiten.

Unterdessen hatte ich die verschiedensten Leute kennengelernt und jobbte da und dort in den unterschiedlichsten Berufen. Zuletzt als Barmann in einem Pub.

Dort kam ich mit Edward ins Gespräch und bekundete mein Interesse an seinem Beruf. Er meinte, mit meiner Gabe, schnell mit vielen verschiedenen Leuten in Kontakt zu kommen, sei ich prädestiniert für den Beruf als Detektiv. Ich durchlief eine kurze Ausbildungsphase und lernte ein paar Tricks und Vorgehensweisen. Ich durfte andere Detektive bei der Arbeit begleiten und bekam meinen ersten Fall. Edward setzte mich meistens ein, wenn es um jugendliche Ausreisser aus Europa, den USA oder Australien ging. Oder Leute, die nach Asien in die Ferien aufgebrochen waren und dann aus irgendeinem Grund nicht mehr zurückkehrten.

Mit den beiden Frauen stimmte ganz offensichtlich etwas nicht, das hatte ich sofort gesehen. Maria und der North Tour Bus, in dem ich sie angetroffen hatte, hatten etwa so gut zueinander gepasst wie

Champagner zu einem Vegemite Sandwich. Li war anfangs sehr zurückhaltend gewesen und hatte sich nur sehr vage zu ihren Reiseplänen geäussert.

Normalerweise erzählten mir Reisende noch so gerne, woher sie kamen und wohin sie unterwegs waren. In meiner Karriere hatte ich die Erfahrung gemacht, dass misstrauische Menschen oft selbst etwas zu verbergen haben und darum keine Nähe zulassen können. Nun hatte ich sie aber nicht aus beruflichen Gründen angesprochen, ich hatte ja bereits einen Auftrag, aber Mann, sie waren wirklich beide ausgenommen hübsch. Das alleine hätte schon gereicht, meine Neugierde zu wecken.

„Warum wird diese junge Dame hier gesucht?", fragte ich die Sekretärin und zeigte auf das Foto.

„Irgendwas mit Diebstahl", sagte diese uninteressiert, „musst den Boss fragen, aber der hat gerade Besuch von einem Kunden, das geht vermutlich noch 'ne Weile."

„Dann schau ich später nochmal rein", meinte ich, „eventuell ist das was für mich."

Ich setzte mich in die Bar um die Ecke, bestellte ein Bier und machte mir mentale Notizen, was in der Nacht so gesprochen worden war. Leider musste ich dabei feststellen, dass ich selbst bei Weitem am meisten erzählt hatte.

Li ~ 26. Dezember

Ich war Maria dankbar für den gestrigen Tag mit Ausflug und allem. Das hatte mir richtig gut getan. Ich wollte mich nun gerne revanchieren und fragte deshalb:

„Hast du einen Plan, wie du weiter vorgehen willst?"
Sie zeigte mir den rudimentären Zeitplan, den sie erstellt hatte.

„Heute ist, lass mich rechnen, es dürfte wahrscheinlich der 26. Dezember sein und du müsstest eigentlich in Phuket sein."

„Ja, ich weiss", meinte Maria, „ich habe mich aber entschlossen, diese Station auszulassen. Phuket hat so viele Hotels und überhaupt…."

„Ich versteh' schon, du hast einfach momentan nicht die Kraft von hier aufzubrechen und alleine nach Phuket zu reisen", sagte ich.

„Ich mach' dir einen Vorschlag. Wir schauen, dass wir bis am 1. oder 2. Januar nach Penang kommen, und von da aus reisen wir die aufgeführten Stationen ab. Bis nach Indonesien habe ich dieselbe Strecke wie du auf dem Flugticket. Danach geht meines weiter nach Sidney, Australien und dann von Darwin via Malediven zurück nach Zürich. Ich habe mir allerdings nur bis Australien Gedanken gemacht und bin sowieso sehr flexibel mit meiner Route. Dein Reiseplan gefällt mir ausgezeichnet. Hätte von mir sein können. Und falls wir deinen William irgendwo antreffen, verzieh' ich mich einfach. Ko Samui ist ja schön, aber ewig will ich hier auch nicht bleiben, und ohne dich wird die Villa Dario nicht mehr dieselbe sein. Zudem habe ich bereits genügend Liebeserklärungen von Dara erhalten, ich denke, es ist Zeit zu gehen."

Maria kullerten wieder einmal ein paar Steine vom Herzen. Diese Frau schleppte davon ja tonnenweise mit sich herum! Am liebsten hätte sie gleich gepackt, aber wir mussten ja erst noch die Reise organisieren. Auch wollten wir den Zeitplan einigermassen einhalten. Deshalb beschlossen wir, gleich morgen ins Dorf zu gehen, um unsere Weiterreise zu organisieren.

Jetzt, wo ich wusste, dass wir bald abreisen würden, genoss ich alles doppelt. Den Strand, unser Häuschen, unsere Backpacker-Kollegen und Micha, den Alt-Hippie. Eine unserer deutschen Kolleginnen, Adi, sagte immer so schön: „Schaut, Micha trägt heute wieder Röckchen." Damit war natürlich ein Sarong gemeint, eines dieser bunten Batiktücher, die um die Hüfte geschlungen getragen werden. Nur auf die schmachtenden Blicke von Dara hätte ich gerne verzichten können.

Maria ~ 26. Dezember

Ich hätte den ganzen Tag jubilieren können. Li kam mit mir! Ich musste nicht alleine durch ganz Malaysia und bis weiss wohin reisen! Jetzt, wo mir diese Angst genommen worden war, war es Zeit eine neue Liste zu erstellen.

William Warren

25 Jahre alt

Geburtstag 10. September

Sternzeichen Jungfrau

1,85 m gross, sportlich

dunkelbraune Haare, blaue Augen

Wohnhaft: Boston bei seinen Eltern

Sarah und Simon Warren

Adresse? Boston

Einzelkind

Bis zum Alter von 8 Jahren in Kuala Lumpur, Malaysia gewohnt

Normaler amerikanischer Schulablauf

Ingenieurstudium an der Harvard University

Tennisspieler

Sprachen: englisch und ein paar Worte malaiisch

Verlobt mit mir!!!

Jetzt wo ich diese magere Liste so anschaute, wurde mir klar, dass ich wirklich nicht viel über William wusste. Dabei hatten wir so viel miteinander geredet. Erlebnisse aus seiner Kindheit, seiner Schulzeit, welche Fächer er gerne mochte: Mathematik und Sport. Welches Mädchen ihm in der 2. Klasse gefallen hatte: Judy Browne, wegen ihrer Sommersprossen. Dieses und vieles mehr hätte ich auf die Liste schreiben können aber Facts, wo waren die Facts? Ich kannte nicht einmal die Adresse seiner Eltern in Boston.

William hatte ein oder zweimal mit ihnen telefoniert während des Jahres und mich jeweils ans Telefon gerufen. Man hatte ein paar Höflichkeiten ausgetauscht. Sie waren freundlich gewesen am Telefon. Aber es war mir nie in den Sinn gekommen, die Telefonnummer oder die Adresse zu notieren. Warum hätte ich dies tun sollen? Meine Verbindung zu ihnen war William, und er hätte mich ja hingebracht. Hätte er? Ja natürlich hätte er, warum sonst diese ganze Planung? Bei Adriana und meinen Eltern wollte ich mich melden, sobald William und ich eine eigene Bleibe gefunden hätten.

Meine Eltern hatten nur darauf bestanden, dass ich mich bei Zia Antonia und Zio Giorgio melden sollte, sobald ich in New York angekommen war. Es war ihnen eine grosse Beruhigung gewesen, dass ich nicht ohne Verwandtschaft in Amerika sein würde. Natürlich hatten sie keine Ahnung davon, dass ich jetzt alleine unterwegs war. Auch Adriana hatte ich angelogen. Ich hatte gesagt, ich ginge ein paar Tage zu einer Freundin, um über alles nachzudenken und sie solle sich keine Sorgen machen.

Alles war gut gewesen, bis William in die Filiale nach Deutschland ging. Hatte er dort eine Andere kennengelernt? War ihm auf einmal bewusst geworden, dass er mich doch nicht richtig liebte? War er verunfallt und niemand sagte mir etwas? Lag er mit Gedächtnisverlust in irgendeinem Spitalbett, und niemand kümmerte sich um ihn? Hätte ich nach Deutschland reisen sollen anstelle von Thailand? Fragen über Fragen, die ich mir nicht beantworten konnte. Es war zum Verzweifeln!

Li ~ 27. Dezember

Wir fuhren in die Stadt, um die verschiedenen Tour-Büros abzuklappern. Beim Ersten hatten wir keinen Erfolg, da war für die nächsten Tage alles ausgebucht. Beim Zweiten hatte es gerade noch zwei Plätze für den übermorgigen Tag und dann war alles ausgebucht bis am 5. Januar. Wir beschlossen, lieber schneller abzureisen und buchten folgende Reise: Mit dem Minibus direkt von Ko Samui nach Hat Yai. Dort planten wir, ein Taxi zu nehmen. Adis Freund Till hatte uns nämlich ausdrücklich dazu geraten, nicht via Surat Thani und mit dem Zug zu fahren. Scheinbar müsse man im Zug an der Grenze unheimlich lange warten. Tönt gut, mal sehen, ob es auch klappt, dachte ich bei mir.

Wir gingen noch bei Somchai vorbei, um uns zu verabschieden. Der schien etwas enttäuscht zu sein. Nicht dass wir abreisten, nein, dass er den Koffer noch nicht hatte weiterverkaufen können. Vielleicht hatte er also doch kein so gutes Geschäft gemacht. Maria kaufte ihm zum Trost noch ein T-Shirt und eine leichte Stoffhose ab.

Langsam tauschte sie ihre Garderobe aus, was ich als gutes Zeichen anschaute. Wenigstens die Hälfte davon war jetzt brauchbar. Die andere Hälfte würde sie wieder auspacken können, falls dieser mysteriöse William doch noch auftauchen sollte. Ich glaubte ja nicht daran. Ich glaubte, dass der schon lange in Amerika war und Hamburger verdrückte. Das musste ich nun aber nicht unbedingt laut sagen. Ich wusste, Maria wollte das nicht hören.

Leider war es an unserem letzten Tag zu windig, um baden zu gehen. Man traf sich im Restaurant. Ich spielte Scrabble mit Adi, ihr Freund Till schaute uns dabei zu und kreierte unentwegt nicht existierende Wörter. Maria quatschte mit Ulrike und Thorsten, die auch bald weiterziehen wollten. Mit Micha tauschten wir noch einen letzten Hippiegruss. Dann eröffneten wir Kum, dass wir morgen abreisen würden und bezahlten schon mal die

Rechnung. Dieser setzte erst seinen traurigsten Hundeblick auf und offerierte dann, er würde uns ein Taxi bestellen.

„Was? Das sagst du uns jetzt, dass man ein Taxi vors Haus bestellen kann, nachdem wir x-mal unter fallenden Kokosnüssen durchgewandert sind!"

Entsetzt, aber auch froh, bestellte ich das Taxi auf 6.30 Uhr. Dann gingen wir zurück zur Villa Dario, um zu packen.

Maria musste noch ein paar Artikel ihrer viel zu eleganten Kleidung loswerden. Ich hatte ihr gesagt: „Wenn alles in den einen Rucksack passt, erzähle ich dir, was Cooper und ich in jener Nacht gesprochen haben."

Ich wusste, dass sie darauf brannte dies zu erfahren. So verschenkte sie bereitwillig ihre Sachen an die kochenden Schwestern. Was die damit anfangen sollten wussten wir auch nicht, aber sie schienen sich zu freuen. Von der blöden Handtasche wollte sie sich aber immer noch nicht trennen, um keinen Preis.

Cooper ~ 27. Dezember

Als ich nochmal im Büro vorbeigegangen war, war die Sekretärin alleine dort.

„Sorry Cooper", sagte sie, „der Boss ist mit dem Kunden essen gegangen und du weisst ja, dass dies bei Chinesen dauern kann."
Ling wusste Bescheid. Sie war selbst Chinesin mit einer grossen Familie mit einem noch grösseren Appetit auf leckeres Essen, das hier in Singapur in Hülle und Fülle vorhanden war.

Nun, ich hatte ja Zeit. Ich ging in die Wäscherei, meine Sachen holen. Dann besuchte ich ein paar Freunde und hoffte darauf, dass einer von ihnen mir ein Sofa respektive eine Matte auf dem Boden für die Nacht anbieten würde. Was auch tatsächlich so geschah.

Kurz vor meiner Abreise nach Thailand war mir meine Bleibe gekündigt worden. Beim Besitzer der Wohnung hatte sich seine Verwandtschaft angekündigt, und er benötigte deshalb alle Zimmer selbst. Ich hatte noch keine Zeit gehabt, etwas Neues zu suchen. Aber ich kannte auf der Strecke Thailand bis Australien jede Menge netter Leute. Irgendwann würde ich mich einmal niederlassen und ein Haus mit einer offenen Türe haben, um mich zu revanchieren.

„Wie steht's heute mit dem Boss?" fragte ich Ling.

„Kannst gleich rübergehen, mach' aber ja kein Licht!"

Offenbar war gestern Abend nicht nur gegessen worden.

„Hallo Boss, wie geht's?" Ein undefinierbares Knurren war die Antwort. Meine Augen gewöhnten sich langsam an das Halbdunkel. Darum sah ich, wie er ein Couvert aus der Schublade zog und über den Tisch schob.

„Hast `nen guten Job gemacht Cooper", brummte er. Ich nahm das Geld, warum auch nicht?

„Steht noch was anderes an zurzeit?", fragte ich. „Was ist mit der Blondine, die zur Fahndung ausgeschrieben ist?"

„Könnte was für dich sein und auch wieder nicht", sagte mein Boss. „Ich habe keinen direkten Auftrag erhalten, das Foto ist von Interpol. Ich weiss auch nichts Genaueres. Irgendwas mit Industriespionage glaube ich, aber solange mir niemand was bezahlt, lass' ich die Finger davon. Es könnte aber schon sein, dass mit der Zeit eine Belohnung ausgeschrieben wird. Sonst habe ich leider nichts für dich."

Ich dankte ihm und sagte, ich würde mich gelegentlich wieder melden. Für meine Verhältnisse schwamm ich zurzeit im Geld.

Dass ich mich trotzdem in den Bus Richtung Thailand setzte hing wohl weniger damit zusammen, dass ich auf eine eventuelle Belohnung spekulierte, als damit, dass ich Li wiedersehen wollte. Das musste ich mir auf der langen Reise widerwillig eingestehen.

Maria ~ 28. Dezember

Nachdem wir gepackt und mit den wenigen neuen Freunden im Phalarn Inn Abschied gefeiert hatten, versuchten wir ein wenig zu schlafen. Also besser gesagt, Li versuchte es, und ich hielt sie wach. Ich fand dies die gerechte Strafe, nachdem sie sich geweigert hatte, heute mit der Cooper-Story herauszurücken, obwohl beinahe alle meine Sachen jetzt in den Rucksack passten.

Sie hatte gemeint, wir müssten schlafen, um fit für die Reise zu sein. Ich wusste aber, dass ich sowieso nicht würde schlafen können, deshalb erzählte ich ihr ein wenig von meiner Lebensgeschichte. Li hört wahnsinnig gerne Geschichten.

„Meine grosse Schwester Adriana und ich sind in behüteten Verhältnissen am Zürichsee aufgewachsen. Ich hatte eine schöne Kindheit. Wir waren nicht reich, aber auch nicht arm. Ich hatte viele Schulkolleginnen, jedoch keine richtige Freundin.

Dieser Posten war bereits von Adriana besetzt. Schon bald, etwa mit zwölf, hatte ich erste Verehrer, was mir schmeichelte, was aber zu nichts weiter führte, als dass ich ab und zu Liebesbriefe erhielt. Meine Eltern waren recht streng im Vergleich zu Anderen. Nach der Schule musste ich direkt nach Hause, Schulaufgaben machen und mich dann in der Nähe des Hauses aufhalten. Sie arbeiteten beide.

Meine Mutter ist gebürtige Italienerin. Sie war mit ihrer Familie in die Schweiz eingewandert, als sie noch zur Schule ging. Sie hatte immer Heimweh nach Italien. In den Sommerferien und manchmal auch in den Herbstferien fuhren wir zur Nonna und zum Nonno nach Lecce ans Meer, und dort blühte sie richtig auf.

Meine Mutter konnte es kaum erwarten, bis mein Vater pensioniert wurde. Meine Grosseltern hatten mit dem Geld, das sie in der Schweiz verdient hatten, das eigene Elternhaus renoviert. Meine Eltern haben auf demselben Grundstück nebenan ein eigenes Haus erbauen lassen.

Natürlich hätten Adriana und ich nach Italien mitgehen können, als meine Eltern loszogen. Wir sind aber beide in der Schweiz aufgewachsen und zuhause. Für uns ist Italien weniger Heimat als Ferien. Zudem steckte ich gerade in einer Zusatzausbildung. Wir blieben also in unserer Wohnung, wo wir aufgewachsen waren, bis Adriana heiratete. So ist Adriana für mich nebst Schwester und beste Freundin auch eine Art Ersatzmutter geworden. Und deshalb behalte ich auch die Handtasche."

Ich wusste, diese letzte Bemerkung würde Li wieder für eine Weile wachhalten. Sie fand die Handtasche lächerlich oder monströs je nachdem, und konnte nicht verstehen, weshalb man sich freiwillig mit so einem sperrigen Ding belastete.

Li verübelte mir nicht wirklich, dass ich sie vom Schlafen abhielt. Was sie mir übel nahm war, dass sie dann wieder bei Kerzenlicht in unser dunkles Badezimmer musste. Der Generator wurde immer noch jeden Abend pünktlich um zehn Uhr abgeschaltet. Manchmal sah man dort im flackernden Kerzenschein Dinge, die nicht existierten, manchmal aber auch zum Beispiel eine reale, in der Ecke sitzende Kröte.

Ich war froh, hatte ich nicht ganz so viel getrunken und ausserdem eine auf Reisen äusserst nützliche Begabung. Ich konnte auch mit einer vollen Blase einschlafen.

Li ~ 29. Dezember

Nach ca. vier Stunden Schlaf war es bereits wieder Zeit aufzustehen. Um sechs standen wir im Restaurant vorne. Wir hatten gehofft, einen Kaffee zu kriegen, aber weder Kum noch Dara noch die Schwestern waren zu sehen. Leider auch kein Taxi. Also warteten wir. Und warteten und warteten. Kum tauchte dann irgendwann mal auf, das Taxi leider nicht. Kum wollte, dass ich ein Abschiedsfoto knipste, von ihm und Maria. Bei dieser Gelegenheit griff er ihr an den Hintern. Frecher Kerl! Der hatte ja Glück, dass sie mir das erst nachher erzählte.

Wir konnten nicht mehr warten. Vermutlich war das mit dem Taxi eine Finte gewesen, um uns noch ein wenig da zu behalten, oder auch nicht. Jedenfalls liefen wir den Weg zur Strasse zum letzten Mal. Da es in den vergangenen zwei Tagen immer zwischendurch mal kurz aber heftig geregnet hatte, hatten sich zwischen den Bäumen kleinere und grössere Pfützen gebildet. Um diese kleinen Teiche wuchsen die verschiedensten Gräser und Farne. Die vereinzelten Sonnenstrahlen, die durch das Palmendach drangen, beleuchten das Ganze. Es war märchenhaft.

An der Strasse angekommen, tauchte schon bald eines dieser Lastwagentaxis auf, das uns mit zur Bushaltestelle nahm. Dort stiegen wir in unseren Tour-Bus um, der uns zur Fähre brachte. Alles klappte wie am Schnürchen. Kaum hatte die Fähre angelegt, konnten wir auch schon in einen Minibus steigen, der uns in fünf Stunden nach Hat Yai brachte. Dort hatten wir gerade mal zehn Minuten Aufenthalt, und schon fuhren wir in einem anderen Bus Richtung Penang weiter.

Mir ging das alles zu schnell. So hatte ich mir meine Reise nicht vorgestellt. Durchorganisierter Trampertourismus. Alles und jeder ging mir auf den Wecker. Maria und ich sassen nicht nebeneinander. Der Bus war schon gut gefüllt gewesen, als wir einstiegen. So sass sie neben einem Amerikaner und ich neben sonst irgendeinem Trottel. Mein jammervoller Zustand dauerte zum Glück nur bis an die malaysische Grenze. Nachdem ich dort meinem Ärger Luft gemacht hatte, ging es mir wieder bestens. Darum beteiligte ich mich auch wieder am Gespräch mit Bruce, so hiess der Amerikaner, und Maria.

Um zehn Uhr nachts erreichten wir Penang. Bruce, der sich auskannte, nahm uns unter seine Fittiche. So klapperten wir die Hotels ab, die er kannte. Sowohl das Swiss Hotel, wie auch das Eng Aun waren voll besetzt. Wir mussten uns mit einem anderen, leider etwas schmuddeligen kleinen Hotel begnügen. Für eine Nacht reicht es, dachten wir. Gingen noch etwas essen, und fielen danach ins Bett. komatöses Schlafen war angesagt.

Cooper ~ 29. Dezember

Ich weiss nicht woran es liegt, aber sobald ich in einem Bus oder Zug sitze der fährt, kann ich problemlos schlafen. Das ist eine Gabe, wenn man so viel unterwegs ist wie ich. Manchmal nicke ich nur kurz ein, schau mich dann ein wenig um, wer alles so mitfährt und ob ich wohl den Einen oder Anderen ansprechen möchte, und wenn nicht, schlafe ich einfach weiter. So hatte ich während der langen Reise mehrheitlich geschlafen.

Während der Überfahrt nach Samui konnte ich die Beine strecken und mir vom Wind den letzten Schlaf fortwehen lassen. Li und Maria hatten ja selbst nicht gewusst, wo in Ko Samui sie hin wollten oder hatten dies jedenfalls gesagt. Ich würde mal zuerst an der Lamai und der Chaweng Beach rumschauen, weil die meisten Touristen dort landeten. Mein Kumpel John, der die Coconut Bar führte, wusste im Allgemeinen sehr gut Bescheid darüber, wer sich so alles auf der Insel herumtrieb. Neulinge fielen ihm meist auf, besonders wenn es hübsche Neulinge waren.

Auch wollte ich ein wenig ausspannen, vielleicht etwas surfen, wenn die Wellen ok waren. Am übernächsten Tag war ja schon Silvester. Da würde es auf der Insel ein paar Parties geben, die ich abklappern konnte. Ich schätzte, dass zumindest Maria die Gelegenheit ein hübsches Kleid anzuziehen und Party zu machen nicht würde verpassen wollen.

Maria ~ 30. Dezember

Für heute hatte ich mir einiges vorgenommen. Zuerst würde ich aber auf jeden Fall Adriana anrufen. Ganz gewiss machte die sich schon grosse Sorgen um mich. So lange waren wir noch nie getrennt gewesen ohne voneinander zu hören. In unserer Absteige wollte man mich nicht telefonieren lassen. Ich hatte ein Telefon gesehen, das mit einem Vorhängeschloss gesichert war. Wahrscheinlich hatte man schon unangenehme Überraschungen bei der Telefonrechnung erlebt.

Ich wollte sowieso so schnell wie möglich umziehen. Li meinte aber, sie habe überhaupt keine Lust, mit dem Rucksack rumzuwandern um eine neue Bleibe suchen. Eine Nacht mehr oder weniger spiele ja wohl keine Rolle. Und ob das eine Rolle spielte! Das liess ich sie deutlich merken.

Wir einigten uns darauf, frühstücken zu gehen und hatten Glück. Bill, der Besitzer des Restaurants, wusste ein kleines, günstiges, sauberes Hotel gleich um die Ecke.

Und so zogen wir ins Lum Thean an der Lebuh Chulia. Das Zimmer war karg eingerichtet aber sehr geräumig und sauber. Dazu gehörte ein privater kleiner Hinterhof mit Dusche und Toilette. Das Beste am Lum Thean war aber der chinesische Opa, der immer in Unterhemd und einer Art Pyjama-Hose auf einem Hocker vor dem Hotel in der Sonne sass. Er nickte und lächelte uns jedes Mal freundlich zu, wenn wir vorbeigingen, auch wenn es zehnmal am Tag war. Bruce, dem wir gerade noch rechtzeitig begegnet waren, war auch gleich mit uns umgezogen, ging aber glücklicherweise seiner eigenen Wege.

Nun machten Li und ich uns auf und suchten und fanden das Hauptpostgebäude. Dort musste man sich an einem Schalter melden, um zu sagen, wohin man telefonieren wollte und bekam dann eine Kabine zugewiesen. Ich Dödel hatte heute Morgen nicht eine Sekunde an die Zeitverschiebung gedacht. Adriana wäre wohl zu Tode erschrocken, wenn ich sie um zwei Uhr nachts angerufen hätte. So passte es viel besser. Sie würde schon wach sein und sich bereit machen, um zur Arbeit zu gehen. Adriana arbeitete in einem Personalbüro bei einer grossen Versicherung. Ich war richtig nervös, als ich die Nummer wählte und das Rufsignal ertönte.

„Adriana Favelli", meldete sie sich ziemlich forsch und hellwach. Ich konnte nicht anders, als ich die vertraute Stimme hörte, heulte ich gleich wieder los.

„Bist du es Maria?" fragte sie, „was ist los, ist dir etwas passiert? Um Himmels Willen sag etwas! Wo bist du?"

„Nein, nein", schluchzte ich in den Hörer, „mir geht es gut, mach dir keine Sorgen. Ich bin nur grad so froh, deine Stimme zu hören. Schau, ich kann nicht lange sprechen, das Telefonieren kostet ein Vermögen. Aber sag, hast du etwas von William gehört?"

„Nein", sagte sie, „von William habe ich nichts gehört. Ich hatte aber ein ganz merkwürdiges Telefon von so einem Amt, das wissen wollte, wo du seist und mir keinerlei Auskunft geben wollte.

Nachdem ich gesagt habe, dass ich keine Ahnung habe, wo du dich zurzeit befindest, wurde das Gespräch ziemlich abrupt beendet.

Wo bist du überhaupt? Kommst du morgen zu uns Silvester feiern? Und warum kostet das Telefonieren ein Vermögen? Was ist das überhaupt für eine komische Verbindung?"

Ich konnte mir nicht vorstellen, welches Amt sich nach mir erkundigen sollte, aber egal. Ich erzählte Adriana wo ich war und in groben Zügen, wie ich bis hierhin gelangt war. Ihre entsetzten Zwischenrufe ignorierte ich geflissentlich.

Li erwähnte ich nur als „meine Reisegefährtin und auch eine Schweizerin", da Li immer noch das Gefühl hatte, sie werde womöglich für ihren Diebstahl verfolgt.

Ich war mir ziemlich sicher, dass Martin nichts dergleichen tun würde. Im Gegenteil, der rieb sich wahrscheinlich die Hände, dass er das ganze Geschäft hatte einsacken können.

Ich versprach Adriana, mich bald wieder zu melden und beendete das Gespräch, einerseits

glücklich, weil ich mit Adriana hatte sprechen können, andrerseits genauso ratlos wie vorher.
Wo steckte William?

Li ~ 30. Dezember

Das Gespräch mit ihrer Schwester hatte Maria nicht weitergeholfen, das sah ich auf den ersten Blick, als sie zur Kabine herauskam.

„Lass uns zuerst etwas essen gehen, und dann sehen wir weiter", sagte ich zu Maria.
Dann liess ich sie in Ruhe nachdenken und führte sie zu einem dieser Plätze, die umrundet sind von verschiedenen Essständen. Ich wählte Satey und Reis für uns beide, weil das so gut schmeckt, dass man es immer essen kann. Dann noch etwas gebratenes, gemischtes Gemüse dazu. Lecker!

Maria war gedanklich immer noch in der Schweiz. Sie erzählte mir, was Adriana am Telefon gesagt hatte. Dies stimmte mich nachdenklich. Bis jetzt hatte ich immer gedacht, William habe einfach kalte Füsse gekriegt und sei abgehauen. Natürlich hatte ich dies nie laut gesagt, aber gedacht hatte ich es trotzdem. Mir war es egal, wohin meine Reise führte. Ich hatte keinen Plan und kein Ziel. Die australische Freundin war leider eine reine Erfindung. Ich hatte da zwar mal auf einer meiner Monatsreisen in Spanien eine sehr nette Australierin kennengelernt. Ich hatte sogar ihre Adresse dabei, aber ob ich sie tatsächlich kontaktieren würde, da war ich mir überhaupt noch nicht sicher.

Also hatte ich Maria zuliebe so getan, als würde ich ihr helfen, ihren William zu finden, in der Annahme, dass dieser Typ sowieso schon längst wieder zuhause in Boston war. Nun regte sich ein leises Misstrauen in mir, so eine kleine, warnende Stimme, die sagte, es wäre vermutlich besser, dem lieben William nicht zu begegnen.

Ich versuchte mit vorsichtigem Fragen herauszufinden, was in Maria vorging. Sie war aber immer noch einfach nur besorgt um ihn und wieder beinahe so verzweifelt wie am Anfang. Hatte sie sich Penang doch ganz anders vorgestellt. Sie hatte gedacht, dass wir am Abend, wie das in Italien so gemacht wird, einfach nur an die Strandpromenade gehen müssten. Dort in ein Café sitzen und schauen, wie die Leute rauf und runter promenieren, und dann würde früher oder später auch William darunter sein. Nun gab es hier wohl eine Esplanade am Meer, an der wir hätten sitzen können. Aber auch unzählige andere Begegnungsorte und Strandhotels, jedoch nicht die Eine Promenade, wo es einfach passieren musste.

Mir tat dies auch leid, wie ich ein wenig widerwillig feststellen musste. Ich hatte irgendwie geglaubt oder gehofft, dass wir Cooper hier treffen würden. Ich ertappte mich immer wieder dabei, wie ich die Menge nach ihm absuchte. Das war ja absurd! Warum sollte er ausgerechnet in Georgetown sein? Er hatte etwas von Singapur gesagt, dass dort sein Boss sei, nichts von Penang. Ich hatte ihn nicht nach seiner Arbeit gefragt, sonst hätte er auch nach meiner gefragt, und dann hätte ich ihm meine Geschichte erzählen müssen, und das wollte ich nicht. Nein, wir hatten über Musik gesprochen, über das Reisen, darüber welche Eigenschaften wir an anderen Menschen schätzten und welche nicht. Was wir generell im Leben wichtig fanden und was nicht, solche Sachen eben. Mir gefiel das gar nicht, diese Grübelei, darum sagte ich zu Maria:

„Wir gehen jetzt sofort in einen Haar-Salon und lassen uns hübsch machen. Ich habe einen gesehen unterwegs."

Und tatsächlich ging es uns nach einer ausgiebigen Haarwäsche mit Kopfmassage viel besser. Maria hatte eine sagenhafte Föhnfrisur, wie eine Diva aus den Sechzigerjahren. Bei mir war wie immer alle Mühe vergebens gewesen. Mein Haar liess sich nicht locken oder in eine Form zwingen, nicht bei allem Föhnen dieser Welt.

Bruce, dem wir zufällig begegneten, gefielen wir beide jedenfalls sichtbar gut, und so gingen wir am Abend zusammen Essen und danach in eine Bar. Die hiess Hong Kong Bar, und scheinbar war es sozusagen ein „Muss", dorthin zu gehen, wenn man in Georgetown war.

Bruce erzählte uns von seinen Reisen. Er reise seit etwa 15 Jahren, und diesmal reise er zum fünften Mal um die Welt. Von Beruf war er Goldschmied und lebte in Key West. Seine Kunden seien alles

Gangster mit viel Geld, meinte er. Ausserdem schien er sich den ganzen Abend nicht entscheiden zu können, ob er jetzt lieber mit Maria oder mit mir flirten sollte. Er schien sich nicht sicher zu sein, wo er die grösseren Chancen hatte mit seinen Avancen.

Nun, wir hätten es ihm schon leichter machen können. Er hatte gar keine Chancen, aber Maria und ich griffen das Spiel auf und flirteten mit. Der arme Kerl wusste nicht, wie ihm geschah, und wir amüsierten uns königlich oder besser gesagt königinnenlich.

Die Hong Kong Bar an sich war ziemlich unattraktiv, etwas hatte sie aber. Seit der Eröffnung 1953 gab es Gästebücher, und jeder, der in der Bar gewesen war, hatte sich hier eingetragen. Da gab es schöne Zeichnungen, witzige und doofe Sprüche, Weisheiten, kleine Reisetipps, man hätte Stunden hier verbringen können. Maria und ich wollten unbedingt auch einen Eintrag machen, hatten aber leider keine gute Idee. So schrieben wir den Anfang eines Liedtextes auf Schweizerdeutsch und dachten, die nächsten Schweizer werden sich kugeln vor

Lachen, wenn sie das lesen. Ein ganz altmodisches Lied, das uns eines Nachts in der Villa Dario in den Sinn gekommen war:

„Meine Tante fährt im Hühnerstall Motorrad."

Übrigens hatte ich beim Blättern einen Eintrag von einem Cooper gesehen und fragte mich nun dauernd, ob es sich wohl dabei um „meinen" Cooper handelte.

Maria ~ 31. Dezember

Bald würde ein neues Jahr beginnen, und ich hatte überhaupt keinen Plan. War das Alles hier sinnlos? Sollte ich in die Schweiz zurückkehren? Oder mit meinem Zeitplan weiterfahren? Die Antworten waren:

Ja, wahrscheinlich ist es sinnlos.

Nein, ich kann jetzt noch nicht zurück in die Schweiz.

Ja, ich fahre weiter mit dem Zeitplan.

Als diese Fragen in meinem Kopf geklärt waren, machten Li und ich uns auf, eine Landkarte von Malaysia zu suchen. Li hatte sich zuhause aus einem alten Schulatlas Länder kopiert, die sie eventuell oder auch wahrscheinlich bereisen würde. Ausser der Hauptstadt Kuala Lumpur und noch ein paar anderer grösserer Städte, war darauf aber nichts zu erkennen.

Wir wanderten durch die Altstadt von Georgetown. Sahen Strassen mit kleinen Werkstätten, wo Metall, Leder oder Rattan bearbeitet wurde. Als wir müde waren, nahmen wir eine Rikscha, weil wir dem Mann Arbeit geben wollten. Dann hatten wir wieder ein schlechtes Gewissen, als er bergauf treten musste. Er war so dünn, dieser Mann. Wir bezahlten das Dreifache des ausgehandelten Preises, um unser Gewissen zu beruhigen und machten ihn damit, wenigstens für einen Moment, sehr glücklich.

Irgendwann fanden wir eine Buchhandlung, die auch Landkarten verkaufte. Die waren aber recht teuer, so beschlossen wir, Malaysia reiche für den Anfang. Wir setzten uns in ein Restaurant am Meer, bestellten einen grossen Krug Chrysanthemen Tee und breiteten die Karte aus. Dieser Tee schmeckte so gut, er war alleine schon die Reise wert.

Jetzt, wo ich die verschiedenen Ortsnamen lesen konnte, erkannte ich zwei mit hundertprozentiger Sicherheit. Zum einen waren da die Cameron Highlands, von denen William mir erzählt hatte, weil er mit seinen Eltern jeweils dort die Sommerferien verbracht hatte. In den Cameron Highlands ist es kühler, weshalb die britischen Kolonialherren dort ihre Sommer-Residenzen gehabt hatten, wo sie sich während der heissesten Wochen und Monaten des Jahres zurückziehen konnten.

Zum anderen erkannte ich den Badeort Port Dickson, relativ nahe bei Kuala Lumpur, weil William und mir zu diesem Namen ein paar Sachen eingefallen waren, die nur in der englischen Sprache Sinn machen.

Vielleicht, wenn ich die Gelegenheit hätte, in einem Telefonbuch zu blättern, würde ich mich sogar an den Namen eines der Hotels erinnern. Es blieben uns noch genau drei Wochen bis Singapur. Meine Stimmung hatte sich merklich gehoben. Ich hatte einen Plan. Noch nichts Konkretes, aber immerhin einen Plan. Li und ich hatten sowieso entschieden, nicht vor dem 2. Januar abzureisen, da viele Leute sich gegenseitig besuchten über Neujahr und die Busse entsprechend voll waren. Jetzt wussten wir wenigstens, in welche Richtung wir fahren würden und konnten uns Fahrkarten besorgen.

Ich war so froh, ich musste Li unbedingt eine Bluse schenken, die ich an einem Stand gesehen hatte. Sie war in einem wunderschönen königsblau und ich wusste, dass sie ihr ausgezeichnet stehen würde. Zudem hatte ich noch einen Plan, von dem ich Li nichts erzählte. Ich fühlte mich echt durchtrieben und abenteuerlich. Das gefiel mir ausgezeichnet!

Li ~ 31. Dezember

Ich freute mich sehr, für einmal die fröhliche Maria kennenzulernen. Seit Neuestem hatte sie so einen verschmitzten Ausdruck im Gesicht. Ein Geheimnis, das sie mir nicht verraten wollte. Und mit der Bemerkung, sie hätte noch etwas zu tun, huschte sie tatsächlich zum ersten Mal alleine zum Hotel hinaus. Hauptsache sie war guter Dinge!

Am Abend gingen wir noch einmal mit Bruce essen. Er würde uns morgen verlassen. Mit dem Zug nach Kuala Lumpur fahren, oder KL wie die Einheimischen sagen, und dann weiter mit einem Schlafwagen nach Singapur. Er sagte, er reise weite Strecken immer mit Ohrstöpseln, Augenbinde und einer Schlaftablette. Da musste man sich automatisch fragen, was er in den fünfmal um die Welt genau gesehen hatte. Von den Cameron Highlands hatte er jedenfalls noch nie etwas gehört.

Bill vom Lions Pub, bei dem wir jeden Tag mindestens einmal vorbeischauten, erzählte uns vom Old Smokehouse. Ein Hotel und Restaurant im Englischen Stil erbaut und ein Touristenmagnet. Auch andere englische Cottages seien in Tannah Rata zu sehen. So konnten wir mindestens einen Fixpunkt für unsere nächste Station setzen.

Bruce meinte übrigens, er habe die ganze Nacht kein Auge zugetan, weil er immer darauf gewartet habe, dass wir an seine Türe klopften. Wir sassen wieder in der Hong Kong Bar, und er sah bemerkenswert frisch aus für jemanden, der die ganze Nacht nicht geschlafen hatte. Ferner gab er uns noch einen Hinweis, wie wir ihn allenfalls in Bali treffen konnten.

Als wir uns das Gästebuch anschauten, stellten wir entsetzt fest, dass unsere gestrige Seite aus dem Buch herausgerissen worden war. Das fanden wir nun überhaupt nicht nett. Hatte da jemand gemeint, wir hätten irgendwelche Schweinereien hingeschrieben und sie deshalb entfernt? Jedenfalls machten wir einen neuen Eintrag, auf Englisch diesmal, irgendetwas harmloses Unbedeutendes.

Es war schön mit Maria und Bruce auf ein neues Jahr anzustossen. Hier in Georgetown, wo ich keine Vergangenheit und keine Zukunft hatte. Losgelöst und frei im Hier und Jetzt.

Cooper ~ 1. Januar 1987

Die Parties waren gut gewesen, keine Frage. Ich hatte jede Menge getanzt und geschwatzt und geschaut. Hübsche junge Frauen gab es in rauen Mengen. Aber es fehlte die Eine mit dem gewissen Etwas. Ich war nun überzeugt davon, dass Li und Maria nicht mehr auf der Insel waren. Jetzt gab es nach meiner Erfahrung zwei Möglichkeiten. Entweder sie waren nach Ko Phangan weitergereist oder Richtung Malaysia.

Ich ging zum Hafen. Wo war dieser Tag geblieben, es dämmerte schon wieder? Ich kannte an den meisten Häfen oder Busbahnhöfen, an denen die Touristenströme vorbeiflossen, in Thailand ein paar Leute. Diese kannten auch wieder Leute und so kam ein schönes Beziehungsnetz zusammen. Zum einen berufsbedingt, zum anderen quatschte ich einfach gerne mit Leuten. Und so erfährt man so einiges. Ich offerierte ein paar Getränke und etwas zu Essen und erfuhr so von den Fahrern oder den Jungs, die die Fahrten ausriefen, welche Touristen sich wo schlecht aufführten, wo Drogen konsumiert wurden und einiges mehr. Nichts von Li und Maria. Die hatten, wie ich es nicht anders vermutet hatte, keines von Beidem getan.

So klapperte ich, da ich nichts Besseres zu tun hatte, auch noch die Läden ab und siehe da. Dieses Gepäckstück hätte ich überall sofort wieder erkannt. Marias Koffer. Der Ladenbesitzer verlangte eine enorme Summe dafür. Es sei ein echter Louis Vuitton. Nachdem ich ihn etwa eine Stunde weichgeklopft hatte, ihm klargemacht hatte, dass sowieso kein einziger Tourist ihm je glauben würde, dass der Koffer echt sei, und ihm ein paar Bierchen spendiert hatte, wurde er mein neuer bester Freund.

Somchai erzählte mir bereitwillig alles, was er wusste über die Mädchen. So musste ich zu meinem Leidwesen erfahren, dass unsere Busse sich wahrscheinlich irgendwo Nähe Grenze Thailand Malaysia gekreuzt hatten.

Nach ein paar weiteren Bierchen hätte mich Somchai am liebsten adoptiert. Ich begnügte mich damit, ihm den Koffer zu einem anständigen Preis abzukaufen. Markenware hin oder her. Die meisten Touristen waren Backpackers, und der Koffer stand Somchai sowieso nur im Weg. Ich verabschiedete mich und versprach, beim nächsten Mal wieder vorbeizuschauen, buchte nebenan den ersten freien Platz nach Penang und ging zurück zu meiner Bleibe, um den Koffer in seine Bestandteile zu zerlegen.

Maria ~ 1. Januar

Nachdem ich wenigstens einen Teil meines Planes hatte ausführen können, konnte ich heute unseren Ausflug auf den Penang Hill so richtig geniessen. Zuerst fuhren wir mit dem Bus bis zum Kek-Lok-Si-Tempel. Eine riesige buddhistische Tempelanlage mit Pagoden und Türmchen und einem Schildkrötenteich. Da gab es so viele Stände und Bettler und Leute, und es war heiss, darum hatten wir schon bald wieder genug und stiegen in den Bus zur Penang Hill Station.

Dort stiegen wir in die Zahnradbahn, die uns für wenig Geld den steilen Hügel hinaufbrachte. Zu unserer grossen Freude entdeckten wir, dass diese Zahnradbahn von Schweizern erbaut worden war, da gab es nämlich ein Schild Habegger, Thun. Es war wirklich sehr steil.

Oben angekommen war die Luft viel frischer, richtig angenehm und es gab wunderschöne Gartenanlagen und einen Fotografen, der durch eine Fotomontage mich in Kleinformat auf Lis Hand stehen liess. Die Fotos wurden auch wie versprochen ins Hotel geliefert. Li hatte sich eine Kopie bestellt und ich für mich fünf. Eine davon würde ich Adriana im nächsten Brief mitschicken und für die anderen vier Fotos hatte ich auch bereits Pläne.

Wir gingen nochmal zu Bill essen, der mir immer wieder so auffällig zuzwinkerte, dass Li anfing mit den Augen zu rollen, weil sie dachte, er schäkere mit mir.

Weiter zu einem weiteren Lieblingsort, dem Garten des Swiss Hotels. Dort trafen wir den Belgier wieder, der so von Bangkok geschwärmt hatte. Dem gefiel es überall so gut, dass er erst heute von Thailand angekommen war. Er war auf Ko Phangan gewesen und gemäss seinen Erzählungen, hatte er dort das Paradies auf Erden entdeckt.

Überhaupt meinte ich, hie und da Gesichter zu erkennen, die ich auch schon an einem Hafen oder in einem Bus gesehen hatte. Scheinbar traf man sich immer wieder, und das fand ich gut.

Li ~ 2. Januar

Jetzt hatte mir das verrückte Huhn doch tatsächlich diese wunderschöne blaue Bluse gekauft. Als ich heute Morgen die Augen öffnete, hing sie mir genau gegenüber an einem Bügel an einem Nagel in der Wand. Dass sie für mich bestimmt war, sah ich sofort der Grösse an. Das war also das grosse Geheimnis gewesen! Ich war wirklich sehr gerührt, und Maria platzte fast vor Freude, dass ihr die Überraschung gelungen war.

Natürlich musste ich die Bluse gleich anprobieren, und es muss gut ausgesehen haben. Ich konnte das selbst nicht beurteilen. Wir hatten nur einen kleinen Spiegel im Badezimmer, aber Maria schaute sehr zufrieden aus.
Um nicht vor Rührung zu weinen, brummelte ich etwas von viel Gepäck, aber natürlich bedankte ich mich und ebenso natürlich wusste Maria, dass sie mir eine Riesenfreude bereitet hatte.

Wir bezahlten das Hotel, winkten dem Opa noch ein letztes Mal zu und nahmen uns eine Rikscha zum Hafen. Heute ging es leicht abwärts, und wir mussten kein schlechtes Gewissen haben.

Alle Leute waren sehr hilfsbereit und zeigten uns den Weg zur Fähre nach Butterworth. Dort stiegen wir in einen Bus nach Taiping, wo wir im Government Resthouse übernachten wollten. Dieses mitten in Gärten gelegene Hotel wäre sehr schön gewesen, leider aber voll.

Unser Taxifahrer brachte uns in die Stadt zu einem anderen Hotel, aber nachdem wir das Resthouse gesehen hatten, konnten wir uns nicht dazu durchringen, in ein Stadthotel zu ziehen. Darum beschlossen wir, gleich nach Ipoh weiterzureisen. Wir rechneten damit, in Ipoh vielleicht auch keine schöne Bleibe zu finden, aber dafür wären wir schon bedeutend näher an den Cameron Highlands.

So stiegen wir wieder in einen Bus und aus unerfindlichen Gründen noch einmal um in einen anderen Bus, waren aber immer noch guter Dinge. Die Landschaft war nicht gerade berauschend. Das

Gefühl vorwärts zu kommen, der innere Drang in mir, weiter immer weiter zu reisen, der wurde an diesem Tag gestillt. Bis es langsam aufwärts ging.

Die Gegend wurde immer hügeliger, die Strasse immer steiler. Die Hänge dicht bewachsen. Man sah kaum noch Häuser, und es gab auch fast keinen Verkehr. Bis auf den Lastwagen, der vor uns hinschlich, war weit und breit kein anderes Auto zu sehen.

Ich ahnte bereits, dass unser Busfahrer dies nicht hinnehmen würde. Verwegen knüppelte er den Bus in einen tieferen Gang und gab Gas. Der Lastwagenfahrer hingegen wich keinen Millimeter vom Gaspedal, um uns vorzulassen.

Alle Businsassen schauten gebannt nach vorn. Die Strasse war kurvig und unübersichtlich. Der Busfahrer schwitzte nervös. Maria war still und kreidebleich. Sie betete vermutlich zu allen verfügbaren Heiligen. Ich trat auf ein imaginäres Gaspedal, um unser Gefährt voran zu treiben. Endlich war es geschafft. Wir waren vorne, jedoch der Bus war im Eimer.

Er rauchte wie eine alte Lokomotive. Es blieb nichts anderes übrig. Wir mussten links ranfahren und anhalten. Ich konnte den Lastwagenfahrer nicht sehen in seiner erhöhten Kabine. Ich konnte mir aber sein süffisantes Lächeln sehr gut vorstellen.

Nachdem wir eine Weile gewartet hatten, und der Busfahrer Wasser in den Kühler geleert hatte, schafften wir es mit Mühe und Not, den Hügel zu erklimmen. Im Leergang und mit besorgtem Blick fuhr uns der Fahrer auf der anderen Seite wieder hinunter. Dann stoppte er bei einem Restaurant und sagte:

„That's it, you have to take the next bus."
So standen wir also alle wieder einmal herum. Niemand wusste, wann der nächste Bus fahren würde. Es war heiss.

Glücklicherweise mussten wir nur etwas über eine Stunde warten und fuhren ohne weitere Zwischenfälle nach Ipoh. Dort stiegen wir in ein Taxi und gaben dem Fahrer die Anweisung uns in ein sauberes Hotel zu bringen, aber nicht in das Teuerste der Stadt. Das hat er dann auch getan und zusätzlich einen horrenden Preis verlangt. Mit mir war aber heute nicht mehr zu spassen. Ich zückte meinen Notizblock, schrieb seine Nummer auf und fragte nach seinem Namen. Da wurde die Fahrt auf einmal deutlich billiger.

Cooper ~ 2. Januar

Und wieder einmal in die andere Richtung, ich musste schon über mich selbst lachen. Zum Glück hatte ich immer gute Musik auf meinem Walkman. Es ging eben nichts über ein gut gemischtes Mixtape. Für diese Fahrt hatte ich auf der A-Seite:

Police – Walking on the moon
Steve Miller Band – Serenade
Bob Dylan – Desolation Row
Rolling Stones – Waiting on a friend
Eric Clapton – Give me strength
Mink Deville – I broke that promise
und weitere meiner Lieblingssongs. Auf der B-Seite ging's genauso gut weiter mit Jethro Tull, Bowie, Donovan, Beatles usw.

Es gab auch auf dieser Reise nette Leute, die ich kennenlernen konnte, wenn mir danach war. Und, wie schon erwähnt, ich konnte wirklich immer und überall schlafen. Ich konnte auch ein wenig Selbstanalyse betreiben, wenn ich wollte. Meine Beweggründe hinterfragen. Hätte ich schon gekonnt, aber irgendwie war mir nicht danach zumute.

Stattdessen durchlief ich zum hundertsten Mal das Gespräch mit Li und Maria. Diese Fahrt durch die Nacht. Und stellte ebenfalls zum hundertsten Mal fest, dass was die Frauen gesagt hatten keinerlei Aufschluss darüber gab, wohin sie unterwegs waren. Ob sie zusammen abgereist waren oder sich erst unterwegs getroffen hatten? Wie es dazu kam, dass so ein ungleiches Paar zusammen reiste? Nach einer normalen Ferienreise hatte es definitiv nicht ausgesehen. Ferienreisende fliegen zu einem Ort in der Nähe des Hotels und nehmen dann ein Taxi oder einen gebuchten Transfer.

Und dann hatte ich in Marias Koffer auch noch diese Filmrolle gefunden.

Ich hatte den Koffer gründlich durchsucht. Ich hatte keine Ahnung, was ich finden wollte. Irgendeinen Hinweis im Innenleben, in den vielen verschiedenen Abteilen mit oder ohne Reissverschluss.

Einen vergessenen Zettel in einer Seitentasche, eine Visitenkarte, einen Prospekt? Als da nichts war, hatte ich aus einem Impuls heraus das Futter aufgeschlitzt und da, zwischen dem Gestänge oben an der Rolle und dem dicken Aussenmaterial, hatte ich die Filmdose entdeckt. Angeklebt mit einem schwarzen Gummiband, fast nicht zu sehen.

Ich hoffte inständig, dass die Dose wirklich einen Film enthielt. Ich war mir durchaus bewusst, dass solche Filmdosen auch gerne als Aufbewahrungsort für Haschisch oder andere Drogen benutzt wurden, und dass ich in Kürze die Grenze zu Malaysia passieren würde. Und dass in Malaysia die Todesstrafe auf Drogenbesitz stand. Ich hatte gemeint, vom Geräusch, wenn ich sie schüttelte, und vom Gewicht her davon überzeugt zu sein, dass es sich um einen Film handelte. Je näher die Grenze kam, desto weniger sicher fühlte ich mich.
Die Dose aus dem Fenster zu werfen, kam für mich jedoch auch nicht in Frage. Dafür war ich viel zu neugierig. Ich wollte diesen Film, und jetzt gerade war ich wieder fest davon überzeugt, dass es sich

um einen Film handelte, unbedingt entwickelt sehen. Und zwar von dem Fotogeschäft in Singapur, das immer die Filme der Detektei entwickelte.

Natürlich waren Drogenhunde an der Grenze. Ich konnte nur mit Mühe zählen, wie viele Male ich diese Grenze passiert hatte. Noch nie waren Drogenhunde im Einsatz gewesen. Aber heute wurden sie durch den Bus geführt. Alle mussten aussteigen und ihr Gepäck aus den unteren Fächern des Busses zu sich nehmen. Alle wurden befragt, die Gepäckstücke von den Hunden beschnüffelt und genauer untersucht. Mir war mulmig zumute, keine Frage.

Als wir endlich wieder einsteigen und weiterfahren konnten war mir, als wäre mir ein neues Leben geschenkt worden.

Li ~ 2. Januar

Ich dachte schon, dieser Tag sei gelaufen, aber da, kurz bevor wir ins Bett sinken konnten, tönte es aus dem Badezimmer:

„Ehrlich gesagt glaube ich nicht, dass ich für diese Art von Reiserei geschaffen bin."
Da stand Maria und hatte offenbar, ohne mit der Wimper zu zucken, die grösste Kakerlake ihres Lebens zertreten. Ein Exemplar von mindestens vier Zentimetern Länge, Fühler nicht eingerechnet.

„Ich finde, du machst dich nicht schlecht", antwortete ich, „vor ein paar Wochen wärst du bei diesem Anblick schreiend aufs Bett gehüpft."

„Wenn man dem Tod ins Auge geblickt hat, wie ich heute bei dieser Busfahrt", erwiderte Maria, „dann verliert so ein Insekt einen grossen Teil seines Grauens. Auf der anderen Seite, schau' Mal, wie grauslich die Innereien dieses Tieres sind, und sie kleben zum Teil an meinem Schuh! Ist das ekelhaft, und es stinkt! Und ich glaube es hat noch mehr, wo es hergekommen ist. Hilfe!"

Als dann die zweite und die dritte Kakerlake aus dem Abflussrohr kroch, war ein Hilferuf an den Empfang fällig. Mit Insektenspray und mit einer Gitternetzabdeckung fürs Rohr wurde der Plage ein Ende bereitet. Na dann gute Nacht!

Maria ~ 3. Januar

Langsam fing ich an zu begreifen, warum meine Eltern in den Ferien immer nur nach Italien wollten. Adrianas und meine Vorschläge, wir könnten ja mal irgendwo anders hingehen, waren immer sofort abgeblockt worden.

„Wir gehen zur Nonna und zum Nonno wie immer, basta!"

Nicht, dass es mir nicht zeitweise gefallen hatte in Thailand und auch in Malaysia. Aber diese Reiserei in den Bussen, die stehenblieben und auf den Booten, die aussahen, als ob sie sich nicht mehr lange würden über Wasser halten können. Nie hatte es eine anständige Toilette und nie wusste man, wann und was es zu essen gab. Und nun noch dieses Hotel mit den Kakerlaken. Ich hatte langsam die Nase voll!

Wir liessen uns mit dem Taxi zum Busbahnhof fahren. Dort setzte man uns ohne lange zu fa-

ckeln in einen Bus nach Tapah. In Tapah wollten uns freundliche Helfer gerade wieder in einen anderen Bus Richtung Cameron Highlands setzen, da sagte ich: „Halt! Ich habe jetzt Hunger."
So brachte man uns zu einem kleinen Restaurant, wo wir die weltbesten Spiegeleier assen. Dann gingen wir noch zu einer Arztpraxis und benutzten dort die Toilette. Ja, man lernt eben dazu!

Wir fanden mühelos zurück zum Busbahnhof und fuhren auf einer gut ausgebauten Strasse eine kurvenreiche Strecke bergauf. Links und rechts der Strasse nur hohe Bäume. Erst ab einer gewissen Höhe lichtete sich der Dschungel, und man sah angebaute Felder, die Teeplantagen.

Wir verliessen den Bus in Tanah Rata, obwohl kein Englisches Cottage in Sicht war. Wir schauten uns das Government Resthouse an, aber ich wollte jetzt endlich einmal etwas Luxus. Darum überredete ich Li zu einem Zimmer im Garden Inn, das ein Vielfaches davon kostete, was wir normalerweise für eine Übernachtung ausgaben.

Dann gingen wir das Dorf erkunden. Es war nicht besonders hübsch anzusehen, und weit und breit gab es kein Englisches Cottage. So tranken wir erst einmal eine grosse Kanne Tee. Am Abend gingen wir ins Restaurant „Hollywood" und assen die vielleicht beste Mahlzeit unserer ganzen bisherigen Reise. Im Dorf war überhaupt nichts los. Nur eine Gruppe Touristen mit unzähligen Bierflaschen auf dem Tisch.

Gelangweilt gingen wir zurück in unser Hotel an die Bar. Tote Hose. Wir bestellten einen Gin Tonic. Der Barmann hatte davon noch nie etwas gehört. Endlich erhielten wir einen Drink. Er war scheusslich und völlig überteuert.

Nun waren wir beide wirklich schlechter Laune. Li nahm es mir sowieso übel, dass sie so viel Geld für diese Bleibe ausgeben musste, und jetzt noch das. Ausserdem war es nicht etwa kühl hier oben, es war saukalt!

Li ~ 4. Januar

Wahrscheinlich waren wir gestern einfach total übermüdet gewesen. Heute war ein anderer Tag. Die Sonne schien, und man servierte uns ein reichhaltiges, schmackhaftes Frühstück im Garten.

Der lange Lulatsch, gewiss hatte er auch einen richtigen Namen, aber bei uns war er der lange Lulatsch, war auch schon wieder vor Ort. Den Namen verdankte er seiner beträchtlichen Grösse. Er führte Dschungel-Touren durch, und versuchte unermüdlich, uns zu einer dieser Touren zu überreden. Der Typ versprühte eine wirklich penetrante Fröhlichkeit. Wir wimmelten ihn ab, wie auch schon die fünf Male zuvor, und das in nicht einmal 24 Stunden vor Ort. Der ging uns vielleicht auf die Nerven! Wir waren aber scheinbar auch die einzigen Touristen weit und breit.

Jedenfalls wollten wir schon spazieren gehen, aber nicht in den Dschungel. Nein, wir wollten die Suche nach dem Smokehouse Hotel und den Englischen Cottages aufnehmen. Wir hatten uns erkundigt und liefen guten Mutes los. Es tat richtig gut, wieder einmal zu Fuss unterwegs zu sein. Es war noch Morgen und die Luft richtig schön frisch.

Tatsächlich, nach einer Weile merkten wir, dass wir in der richtigen Gegend waren. Da war ein Golfplatz, da waren die Englischen Cottages, und auch das Smokehouse war da. Alles war ein bisschen sehr nobel, um nicht zu sagen versnobt. An der Rezeption schaute man uns von oben herab an. Am liebsten hätten sie uns gar nicht über die Schwelle ihres noblen Etablissements gelassen, das konnte man von weitem sehen. Auf unsere Frage, ob Herr William Warren ein Zimmer gebucht habe, kam die Antwort, man gäbe keine Auskunft über Gäste des Hauses. Wir mussten wohl oder übel unverrichteter Dinge abziehen.

Wir zogen weiter Richtung Brinchang und die Gegend war sehr schön anzusehen. Gepflegte

Landhäuser, schöne Gärten, der Golfplatz, alles wunderbar. Ich fühlte mich total fehl am Platz.

„Maria, wir brauchen einen Plan", sagte ich, „wir werden so wie wir jetzt ausschauen in dieser Gegend keine Erfolge feiern. Lass uns zurückgehen und uns für morgen vorbereiten."

Maria erhob keine Widerrede. Sie war sichtlich geknickt seit dem Smokehouse. Vielleicht hatte sie im Geheimen gehofft, William würde dort mit offenen Armen auf sie warten! Gekleidet war sie wie ich, wie es eben auf Reisen am bequemsten war. Aber für morgen, das wusste ich, würden wir die alte, elegante Maria brauchen. Und aus mir das Eleganteste herausholen, was zu finden war.

Und so gingen wir zurück zum Dorf und suchten einen Laden, wo wir uns eine Art Brandy namens Sahib kauften und Coca-Cola. Dann gingen wir zum Hotel und liessen uns vom langen Lulatsch eine Karte zeichnen mit den drei besten Hotels in der Gegend. Eines davon, das Smokehouse, kannten wir schon, dann gab es noch das Merlin Inn und das Lake View Hotel.

Im Smokehouse, das hatten wir gesehen, wurden die Rezeption, das beiliegende Restaurant und das Gartenrestaurant vom selben Personal bedient. Wir hatten nur zwei Angestellte gesehen, wobei einer der beiden nur schnell vorbeigehuscht war. Bei den anderen beiden Hotels würden wir vor Ort entscheiden müssen, wie wir vorgehen wollten.

Mittlerweile regnete es in Strömen. Wir assen im Hotel und genehmigten uns danach ein heisses Bad. Herrlich! Und ja, einen Sahib mit Cola genehmigten wir uns auch.

Cooper ~ 4. Januar

Wieder einmal in Georgetown! Ich klapperte meine alten Freunde ab, machte ein paar Neue und erfuhr so einiges, jedoch zurzeit noch nichts über Maria und Li. Das machte mir keine grossen Sorgen. In Georgetown gab es viele Plätze, wo sich Touristen jeweils aufhielten und da dauerte es eben eine Weile, bis man durch war. Ich hatte hier aber eine sehr solide Basis von Informanten, genauso wie in Kuala Lumpur, Singapur oder Bangkok.

Schade war, dass ich nur dieses schlechte Interpolfoto hatte kopieren können. Ich hatte deshalb aus meinem Gedächtnis ein paar Skizzen angefertigt, die meiner Meinung nach die beiden Frauen nicht schlecht trafen. So konnte ich wenigstens diese zeigen. Im Zeichnen war ich schon immer ein As gewesen, nur konnte man damit leider kein Geld verdienen. Ich zumindest konnte damit kein Geld verdienen.

Und wieder dachte ich zurück an die Nacht im Bus. Maria war zuerst eingenickt auf dem Weg nach Surat Thani. Li und ich hatten uns noch bis zum Morgengrauen flüsternd alleine unterhalten. Warum wir flüsterten, wusste ich auch nicht. Der Motor des Busses war keineswegs leise gewesen. Dieses Gespräch in der Nacht war mir irgendwie direkt ins Herz gefahren.

Nicht, dass Li viel über sich erzählt hätte. Sie verriet, dass sie ein Einzelkind war und lenkte das Gespräch sofort auf allgemeine Themen wie Musik, oder das Reisen. Und da dies zwei meiner absoluten Lieblingsthemen sind, war ich natürlich sofort darauf eingestiegen. Trotzdem entstand eine Vertrautheit in diesem Gespräch, wie ich sie in so kurzer Zeit noch mit Niemandem erlebt hatte. Und genau darum war ich jetzt hier in Georgetown und konnte mir überhaupt nicht vorstellen, dass ich Li nicht finden würde. Das kam doch überhaupt nicht in Frage!

Maria ~ 5. Januar

Nun, ich hatte mein Bestes gegeben. Die Haare zu einer relativ strengen Frisur aufgesteckt. Das volle Make-up aufgetragen. Die von der Hotelwäscherei gewaschene und gebügelte Kleidung aus meinem Vorflitterwochen-Bestand angezogen. Dazu natürlich die passenden Pumps. Meine schicke Handtasche aus dem Papier gewickelt. Die war jetzt nämlich immer schön eingepackt in meiner Plastiktasche gewesen, wenn wir unterwegs waren, aber heute passte sie perfekt zum Outfit. Dazu trug ich eine grosse Sonnenbrille.

Was für ein Unterschied zu gestern, als ich in Pluderhosen, T-Shirt und Gummischlappen unterwegs gewesen war. Mit einer halben Rasta-Frisur, weil meine Haare sich in dieser feuchten Luft sehr stark lockten. Li trug die blaue Bluse, die ich ihr geschenkt hatte und ihre besten Jeans. Sie sah auch sehr gut aus.

Der Plan war jedoch, dass sie auf der ersten Etappe nicht in Erscheinung treten würde. Wir mieteten eine Limousine mit Chauffeur für den Tag. Während Li kurz vor dem Smokehouse ausstieg und den Rest der Strecke zu Fuss ging, sich richtiggehend anpirschte, fuhr ich mit der Attitüde einer Hollywood-Grösse vor dem Smokehouse vor, schwebte durch die Halle und machte ein Riesentrara.

Es gehe um meine Hochzeit. Ich müsse die Zimmer besichtigen, weil ich so viele Gäste wie möglich hier unterbringen würde, und man möge mir doch das Restaurant und die Speisekarte zeigen usw. usw.

Ich hielt die zwei Angestellten nonstop auf Trab. Sie überschlugen sich fast vor Hilfsbereitschaft und Freundlichkeit. Ich liess mir Tee und Gebäck servieren, immer wieder Fragen stellend.
Als ich das Gefühl hatte, Li habe genügend Zeit gehabt, bereitete ich meinen Abgang vor. Ich nahm eine Visitenkarte des Hotels, gab das Versprechen mich zu melden, und verabschiedete mich wohlwollend nickend. Erhobenen Hauptes stolzierte ich

zur Limousine und entschwand Richtung Brinchang.

Nach etwa 200 Metern sahen wir Li und luden sie auf. Der Chauffeur machte schon ein etwas perplexes Gesicht, aber das war nicht unsere Sorge.

„Nun", fragte ich noch ganz im Adrenalinrausch der gegebenen Vorstellung, „konntest du das Gästebuch ansehen?"

„Ja", sagte Li, „aber um es gleich vorweg zu nehmen, ich muss dich enttäuschen. Da war keine Buchung von einem William Warren. Ich habe von Ende Dezember bis Ende Februar geschaut um sicher zu gehen. Ich hatte ja genügend Zeit, du hast deine Sache ganz ausgezeichnet gemeistert."

„Danke", erwiderte ich, „wir haben ja noch zwei Chancen. Vielleicht haben wir beim nächsten Hotel mehr Glück. Also auf zu Etappe zwei!"

Li ~ 5. Januar

Wir fuhren zum Merlin Inn. Maria war wieder ein Hollywood-Star und ich blieb so unauffällig wie möglich im Hintergrund. Das Merlin Inn hatte eine schöne Terrasse mit einer wundervollen Aussicht und leider deutlich mehr Personal. Der Empfang war klar vom Restaurant abgegrenzt. Es war ein grosses Hotel.

Während Maria sich auf die Terrasse setzte, schlenderte ich ein wenig im Hotel herum und tat so, als würde ich etwas suchen. Ich war auch auf der Suche - nach einer Idee. Ich war schon Drauf und Dran, einen Brandalarm auszulösen, als ich Maria mit einem älteren Herrn, offenbar ein Hotelgast, daher schlendern sah. Sie gingen zusammen zum Empfang, und während der ältere Herr seinen Zimmerschlüssel entgegennahm, sah ich Maria mit einer der Angestellten sprechen, die offenbar bereitwilligst im Gästebuch blätterte.

Fragen, was für eine gute Idee, dachte ich. Ganz offensichtlich machten die Kleidung und das Auftreten einen Riesenunterschied, wie man behandelt wurde. Maria verabschiedete sich herzlich vom älteren Herrn, und auch der Angestellten schenkte sie ein freundliches Lächeln und ging Richtung Ausgang.

Wenige Augenblicke später sassen wir wieder in der Limousine. Maria hatte nur den Kopf geschüttelt. Jetzt war nicht der Zeitpunkt, um genauer nachzufragen. Wir wiesen den Fahrer an, uns zum Lake View Hotel zu fahren.

Auf einem Hügel, mitten in Teeplantagen und wunderschöner Landschaft, lag das im Tudorstil erbaute Hotel. Wie geschaffen für eine Hochzeitsreise. Ich sagte nichts zu Maria, aber wäre ich der Bräutigam gewesen, hätte ich dieses Hotel ausgesucht.

Wir hatten Glück. Der Empfang lag verlassen da. Alles schien etwas geruhsamer zu gehen in diesem Haus. Die dicken Teppiche dämpften die Schritte. Das Interieur bestand grösstenteils aus Holz. Eine gemütliche Sitzecke mit Plüschsesseln stand einladend da. Auf der Theke eine Messingklingel, die man hätte drücken können. Behände schob ich mich hinter die Theke. Das Gästebuch lag aufgeschlagen da Montag, Dienstag, ich überflog die Einträge so schnell ich konnte. Mittwoch, Donnerstag wieder nichts. Da, bei Freitag meinte ich unter der weissen Tipp-Ex-Schicht den Namen Warren zu erkennen.

„Komm schnell Maria, schau dir das an", flüsterte ich. Aber da hörten wir, wie jemand sich näherte. Mittlerweile hatten wir beide keine Freude mehr an diesem Versteckspiel, weshalb wir es einfacher fanden, zur Türe hinaus zu gehen, in die Limousine zu steigen und zurück zum Garden Inn zu fahren.

Maria meinte nur: „Schau, ob da einmal Warren gestanden hat oder nicht, ist jetzt auch nicht mehr wichtig. William ist jedenfalls nicht hier und wird auch nicht mehr kommen. Ich gebe auf, ich mag nicht mehr. Ich werde mir jetzt ernsthaft überlegen, ob ich von Singapur aus zurückkreise."

Ich konnte es ja verstehen. Sie war bitter enttäuscht und nach all der Aufregung heute wieder keinen Erfolg zu haben, musste für sie sehr hart sein.

Ich erlaubte mir, ein wenig an Cooper zu denken und dass ich ihn wahrscheinlich auch nie mehr wiedersehen würde. Das machte mich traurig. Und so sassen wir bedrückt und wortlos in unserem Hotelzimmer, bis es Zeit war schlafen zu gehen.

Cooper ~ 5. Januar

Da hatte sich aber jemand wirklich Mühe gegeben, eine Spur zu legen. Und das, wie es sich herausstellte, ausgerechnet die von Interpol gesuchte Maria. Sollte sich jemand anders einen Reim auf dies machen.

Ich hatte wie gewohnt meine Informationsstellen angepeilt und war somit auch beim bei Backpackers beliebten Swiss Hotel gelandet. Dort am Anschlagbrett beim Empfang steckte eine Fotographie, die Li und Maria auf dem Penang Hill zeigte. Auf der Rückseite stand:

„An William und Cooper → Lions Pub."

Widerwillig steckte ich das Bild für William zurück.

Meinen alten Kumpel Bill im Lions Pub hatte ich sowieso besuchen wollen. Jetzt war ich gespannt, was mich dort erwartete.

Bill, ein Bär von einem Mann mit einem Herzen aus purem Gold, platzte schier vor Freude, als ich ihm meine Zeichnungen von Maria und Li unter die Nase hielt und sagte:

„Du kennst die Ladies?"

„Weisst du", sagte er, „ich hatte so gehofft, dass du derjenige Cooper bist, dem ich den Brief übergeben sollte. Ich finde Maria und Li sind zwei reizende Mädchen. Ich habe sie wirklich in mein Herz geschlossen. Du bist hoffentlich nicht beruflich hinter ihnen her, sonst helfe ich dir nämlich diesmal nicht."

„Ein Brief? Du hast einen Brief für mich?"
Ich war erstaunt, enttäuscht und erfreut alles zur gleichen Zeit. Natürlich hätte ich Li lieber persönlich getroffen, aber ein Brief war auch gut. Mein Herz machte einen kleinen, ungewohnten Hüpfer.
„Ok Bill, ich will dich nicht anlügen. Ich habe ein Fahndungsfoto von Maria in der Tasche, aber dies ist nicht der Hauptgrund, warum ich auf der Suche nach ihnen bin. Natürlich interessiert mich das Wie und Warum, ich wäre ein schlechter Schnüffler, wenn es dies nicht täte, aber ich halte Maria nicht

für eine Verbrecherin. Im Gegenteil, so einem offenen Menschen bin ich selten begegnet. Und wer weiss, warum sie überhaupt gesucht wird. Mein Boss hatte diesbezüglich keinen Auftrag. Vielleicht ist in der Familie etwas passiert und sie ist deshalb zur Fahndung ausgeschrieben."

Von den Diebstahlgerüchten sagte ich mal vorsichtshalber nichts, ich wollte ja den Brief unbedingt haben.

Wilde, haltlose Gedanken rasten durch meinen Schädel, was in dem Brief alles stehen würde.

„Also rück den Brief schon raus, er ist schliesslich für mich und wenn du es unbedingt wissen willst, ich bin eigentlich hinter Li her, weil ich sie unbedingt wiedersehen möchte."

„Ah so", sagte Bill mit einem breiten Grinsen, „dann ist ja gut".

Den Brief hat mir Maria gegeben, und noch einen Zweiten für einen William, das sage ich dir auch gleich. Das hat mich zuerst schon erstaunt, zwei Briefe an zwei verschiedene Männer, aber Maria sagte mir, es solle eine Überraschung für Li werden und unser Geheimnis sein. Du weisst ja, ich liebe Geheimnisse!"

Ich kannte Bill zu gut, um ihn nach dem Brief an William zu fragen, er hätte ihn höchstens herausgerückt, wenn es um ein Leben gegangen wäre. So überreichte er mir meinen und wartete gespannt darauf, dass ich ihn öffnen würde.

„Gib einem Mann etwas Privatsphäre", sagte ich, worauf er sich brummend verzog. Gespannt öffnete ich den Brief und las:

Lieber Cooper,

Du wunderst Dich sicher, dass ich Dir schreibe, aber wenn Du dies liest, heisst das für mich, dass ich mich nicht getäuscht habe. Du suchst Li, weil auf jener Busfahrt etwas zwischen euch entstanden ist, das Du gerne weiterverfolgen würdest.

Ich bin eine heillose Romantikerin. Wahrscheinlich habe ich in meinem Leben viel zu viele Liebesromane gelesen, aber ich glaube daran, dass wenn zwei Menschen wirklich zueinander gehören, sie sich auch finden. Egal wie die Umstände sind. Und ich bin gerne bereit, das Wenige, das ich tun kann zu tun, damit Li nicht ganz alleine dasteht, wenn ich entweder zurück in die Schweiz fliege oder, wenn das Schicksal es gut mit mir meint, mit meinem William nach Amerika.

Das ist eine andere Geschichte. Nur so viel. Li ist mit mir auf einer Reise, um verschiedene Stationen aufzusuchen. Ich gebe Dir diese so genau an, wie ich kann, und wenn ich die Situation richtig erkannt habe, wirst Du uns früher oder später treffen. Ich würde mich sehr darüber freuen und Li auch. Und wenn nicht, dann wünsche ich dir alles, alles Gute für Dein weiteres Leben!

2. Januar - Abfahrt Richtung Cameron Highlands, Tannah Rata

3. – 7. Januar - Aufenthalt Tannah Rata

ca. 7. Januar - Kuala Lumpur, YMCA Aufenthalt 3 bis 4 Tage

11. Januar - Port Dickson, Strandhotel? Aufenthalt?

??. Januar – Melaka?

20. Januar – Fixpunkt: Singapur

23. Januar – Fixpunkt: 9.30 h Flug DPS Bali mit Thai Airways

Bis hoffentlich bald!

Maria"

„Und", fragte Bill erwartungsvoll, als er an meinen Tisch zurückkehrte.

„Tja", sagte ich, „ich werde sobald wie möglich nach Kuala Lumpur aufbrechen. Ich weiss immer noch nichts Genaueres aber ich weiss, dass ich Li sehr bald wiedersehen werde.

Spätestens am 23. Januar, und wenn ich dafür ein Flugticket nach Bali kaufen muss!"

Maria ~ 6. Januar

Meine Enttäuschung war riesengross. Aus irgendeinem Grund hatte ich fest damit gerechnet, William hier anzutreffen. Der Ort war klein und übersichtlich. Wäre er hier gewesen, hätten wir uns getroffen, da war ich sicher. Gut, vielleicht hatte er nicht damit gerechnet, dass ich mich an die Cameron Highlands erinnern würde. Er würde aber absolut sicher wissen, dass ich mich an Port Dickson erinnern würde.

Bereits keimte wieder ein leiser Hoffnungsschimmer auf. Abgesehen davon würde ich den Zeitplan schon alleine Lis wegen einhalten. Schliesslich hatte ich Cooper den Brief hinterlassen. Also verbrachten Li und ich den Tag damit, die nächste Reiseetappe zu planen, und weil wir genügend Zeit hatten, schauten wir uns noch das Baca's an. Das Backpacker Hotel aus dem gelben Reiseführer, den alle mit sich herumtrugen. Es machte tatsächlich einen netten Eindruck und wir lernten ein finnisches Paar kennen, das uns riet, in Kuala Lumpur im YMCA zu übernachten, genau wie dies Ulrike und Thorsten schon gesagt hatten. Das musste wirklich eine gute Adresse sein für Billigreisende.

Zudem erklärten wir noch dem langen Lulatsch, dass wir wirklich, wirklich keinen Junglewalk machen wollten. Und das war's dann für uns mit den Cameron Highlands.

Li ~ 7. Januar

Vor der Abreise genehmigten wir uns noch einmal ein leckeres Frühstück im Garten. Dies zum Glück bevor ich einen Blick auf die Hotelrechnung hatte werfen können, sonst hätte ich wohl kurzzeitig meinen Appetit verloren. Ich war fälschlicherweise davon ausgegangen, dass die staatlichen Steuern im Zimmerpreis inbegriffen seien. Waren sie aber nicht.

Wir fuhren mit dem Bus nach Tapah und gleich mit dem Nächsten weiter nach Kuala Lumpur. Dort, in der Mitte der Stadt, standen wir recht unbeholfen da. So dass von allen Seiten hilfsbereite Malaysier herangeeilt kamen, die rasant auf uns einredeten. Wir hatten zuerst etwas Mühe, sie zu verstehen, aber jemand drückte uns auch eine recht gute Stadtkarte in die Hand und jemand anderes wies uns zu einem Taxistand. Wir fuhren zum

YMCA, mussten dort aber leider feststellen, dass es neu gestrichen wurde und zwar Innen.

Nach langer Suche landeten wir in einem sauberen, kleinen Hotel direkt in China Town. Nach einer Dusche waren wir wieder fit genug, die Gegend zu erkunden und landeten später im Furama Hotel, wo wir einen Kaffee tranken. Wir fragten nach einem Telefonbuch, jedoch hatte man nur eines von Kuala Lumpur. Wir fassten den Plan, gleich am nächsten Tag zum Hauptpostamt zu fahren, um ein Telefonbuch von Port Dickson zu suchen. Maria wollte sowieso ihre Schwester anrufen.

Bis spät in die Nacht lernten wir dann noch die ganze malaysische Hitparade kennen. Vor unserem Fenster war nämlich ein Kassetten-Verkaufsstand. Wir schliefen trotzdem gut.

Cooper ~ 7. Januar

Das war jetzt natürlich Pech! Ich stand vor dem geschlossenen YMCA und fluchte herzhaft, aber leise vor mich hin. Ich hatte mich wirklich gefreut und nun war wieder nix. Ich konnte nicht einmal meine üblichen Quellen anzapfen, wollte ich doch keine Aufmerksamkeit auf Maria und Li lenken, bevor ich wusste, was da genau abging mit dem Film usw. Ohne diese Möglichkeit war es praktisch aussichtslos, die Zwei in dieser grossen Stadt zu finden.

Ich beschloss, es wenigstens ein zwei Tage zu versuchen. In Chinatown kamen die meisten Touristen früher oder später vorbei. Vielleicht half ja der Zufall.

Weiterhin wollte ich dringend den Boss in Singapur anrufen, um zu erfahren, ob man dort etwas Neues gehört hatte. Mehr konnte ich zu diesem Zeitpunkt auch nicht tun.

Maria ~ 8. Januar

Adriana meldete sich gewohnt forsch und frisch. Diesmal war ich mental besser darauf vorbereitet ihre Stimme zu hören und konnte deshalb auch vernünftige Sätze bilden:

„Hallo Adriana, ich bin's Maria. Ich rufe dich aus Kuala Lumpur an, das ist die Hauptstadt von Malaysia. Mir geht es gut, und wie geht es dir?"

„Hallo Maria, das wurde aber auch Zeit, dass du dich endlich wieder einmal meldest. Ich mache mir solche Sorgen um dich, und Mamma und Papà muss ich auch anlügen. Die würden sonst vor lauter Sorge eingehen, wenn die wüssten, dass du alleine in Asien unterwegs bist, und nicht mit William. Oder hast du ihn unterdessen getroffen? Ein paar Tage nachdem du angerufen hast, hat er sich bei mir gemeldet. Ins Geschäft hat er mich angerufen, stell dir vor! Ich konnte doch gar nicht richtig fragen, was los ist, so kurz vor einer Sitzung. Maria! Bist du noch dran?"

Um meine Fassung war es wieder einmal geschehen. Die Tränen liefen mir nur so die Wangen herunter. Ich war so erleichtert. William lebte, und er war gesund genug, um zu telefonieren!

„Ja Adriana, ich bin noch dran. Ich bin nur gerade so schrecklich erleichtert, dass es William scheinbar gut geht. Was hat er denn gesagt, und was hast du ihm gesagt? Weiss er, wo ich bin?"

„Also das ging so: Er rief mich an, ins Geschäft wie gesagt. Was für eine blöde Idee! Er habe unverhofft und unverzüglich nach Amerika abreisen müssen, sagte er. Er habe sich wirklich vorher nicht melden können, aber jetzt sei ja alles wieder gut. Er sei wohlauf, die Krise sei bewältigt, und er wolle jetzt wissen, wo du seist.

Du kannst mir glauben, der hatte ein Riesenglück, dass ich ihm nicht an Ort und Stelle die Meinung sagen konnte. Hätte ich nach meinem Herzen und meinem Verstand gehandelt, hätte ich diesem Herrn überhaupt nichts gesagt. Nur weil du ihm in der ganzen Weltgeschichte hinterher rennst und dich weiss Gott wo durchschlägst, um den Herrn Guglielmo, dem du nicht einmal ein Telefongespräch Wert bist und der dich einfach so mir nichts dir nichts sitzen lässt, zu finden, nur darum habe ich ihm gesagt, wo du bist.

Das heisst, ich habe ihm gesagt, dass ich keine Ahnung habe, wo du bist, aber dass du diese blöde Reise ohne ihn angetreten hast, und dass du nach Penang in irgendwelche Highlands gereist bist Anfang Jahr, das habe ich ihm gesagt. Und dann habe ich ihn noch gefragt, wo er ist und nach seiner Telefonnummer, und da war die Leitung plötzlich unterbrochen.

Meinst du, der freche Kerl hat einfach aufgelegt? Ehrlich gesagt, ich traue es ihm zu. Maria, überlege dir gut was du machst. Sei vorsichtig und vor allem, heirate den Mann nicht, bevor du ganz sicher bist, dass du ihm trauen kannst! So, jetzt muss ich aber wirklich zur Arbeit. Melde dich bitte bald wieder carissima!"
Ich konnte nur noch ein paar Abschiedsworte sagen und versprechen, vorsichtig zu sein und bald wieder anzurufen. Beflügelt ging ich zu meiner Kabine

raus und bezahlte eine Riesensumme für dieses Gespräch. Aber das war es wert gewesen. Ich war so froh.

„Ich erzähle dir alles bei einer Tasse Kaffee im Furama", sagte ich zu Li, „lass uns noch schnell das Telefonbuch von Port Dickson anschauen."

Wir fanden es sofort. Da gab es meiner Meinung nach drei Hotels, die vom Namen her in Frage kamen. Ich notierte die Adressen in mein Notizheft, das auch als eine Art Tagebuch fungierte.

Li ~ 8. Januar

Im Furama begrüsste man uns bereits wie Stammgäste. Wir waren ja auch schon zum Frühstücken hergekommen und hatten bereits einen Lieblingstisch. Alle wollten immer ein wenig mit uns plaudern, besonders Suresh, der nette Kellner. Jetzt gerade war mir jedoch nicht nach plaudern zumute. Ich musste unbedingt hören, was Maria am Telefon erfahren hatte, dass sie von einem Ohr zum anderen grinste.

Wir bestellten Kaffee und Maria legte los. Nachdem ich mir alles bis zu Ende angehört hatte, sagte ich:

„Ich bin froh, dass William aufgetaucht ist, aber ich muss Adriana in allen Punkten recht geben. Meiner Meinung nach hätte nur ein schlimmer Unfall gerechtfertigt - und bitte, ich habe ihm dies nie gewünscht - dass William dir nicht Bescheid gibt, wo er ist und was los ist. Ich habe mir nämlich immer mal wieder Gedanken gemacht über William und was mit ihm sein könnte, aber mir ist nie, aber auch wirklich nie, eine plausible Erklärung eingefallen. Telefone gibt es überall. Er wusste, wie du zu erreichen bist, telefonisch oder brieflich. In eurer alten Firma, bei deiner Schwester. Ich will dir wirklich nicht diesen Tag verderben, aber jetzt wo du weisst, dass er gesund ist, denk einmal in Ruhe darüber nach."

Ich hatte da wohl im falschen Moment auf den wunden Punkt gedrückt, denn, wie aus der Pistole geschossen kam es zurück:

„Du bist gerade die Richtige so etwas zu sagen! Vielleicht solltest du einmal über dein eigenes Leben nachdenken Li. Läufst einfach weg und lässt alles hinter dir. Hast nicht einmal das Gespräch mit Martin gesucht, um zu hören, was er zu sagen hat. Wie erwachsen und klug ist das denn? Du bist zwanzig Jahre alt. Hast keinen Beruf erlernt und ziehst mit ein wenig „gestohlenem" Geld in die Welt hinaus ohne Plan und ohne Ziel. Denkst du, deine Mutter hätte dies gewollt und für gut befunden? Ich glaube nicht."

Nach diesem Ausbruch blieben wir eine Weile still. Mein erster Impuls war gewesen, sie am Tisch sitzen zu lassen, ins Hotel zu gehen, mein Zeug zu nehmen und abzuhauen. Ich tat es nicht. Ich blieb. Es nagte an mir. Ich hatte so lange diese, meine Reise als Ziel gesehen, das mir half, die letzten Wochen vor dem Tod meiner Mutter durchzustehen.

Dann hatte ich Marias Reise zu meiner eigenen gemacht. Aber wenn Maria mit ihrem William, ob er nun ein Saukerl war oder nicht, wieder vereint war, blieb da nur noch ich.

Sie hatte Recht. Ich würde mir Gedanken machen müssen, früher oder später. Und ich würde mit Martin reinen Tisch machen müssen, irgendwann, vielleicht bald. Aber zuerst würde ich mit Maria diese Reise beenden. Ich wollte wirklich dringend diesem - ach so wunderbaren - William in die Augen sehen und auf den Zahn fühlen.

„Es tut mir leid", wir hatten beide gleichzeitig gesprochen.

Wir versicherten uns gegenseitig, dass wir alle Entscheide der Anderen, wie und mit wem sie das Leben verbringen wolle, für alle Zeiten respektieren werden, und dass wir es nur gut miteinander meinten.

„Und ausserdem habe ich Cooper einen Brief hinterlassen", fügte Maria noch an.

Cooper ~ 8. Januar

Ich umkreiste zum x-ten Mal den Markt in China Town und kam mir ziemlich lächerlich dabei vor. Was war ich eigentlich? Ein verliebter Schüler oder was? Der Markt war wie jeden Abend proppenvoll. Kleiderstände, Lederwaren, Musikkassetten usw. Auf einer Seite die Essstände und die Tische, an denen das Chinesische Fondue angeboten wurde. Überall auf den Tischen blubberte die Gemüsebrühe, und rundherum sassen Einheimische und Touristen, die je nach Lust und Laune Fleisch, Fisch, Crevetten, Pilze oder Gemüse eintunkten.

Die Menge schob sich in diese und jene Richtung. Es herrschte Betrieb und Lärm. Im Grunde genommen mochte ich dieses pralle Leben. Ich beschloss, das Ganze etwas gelassener anzugehen und setzte mich zu ein paar Leuten an den Tisch. Mir war plötzlich aufgefallen, dass ich Hunger hatte. Das schmeckte vorzüglich, und wenn ich mir

Mühe gab, schönes Englisch zu sprechen, konnte ich mich sogar mit den Leuten unterhalten.

Mein Boss hatte keine Neuigkeiten für mich gehabt. Auch keinen Auftrag, was mir gerade gut passte. So sass ich am Tisch, ass mit Genuss und liess die Menge an mir vorbeiziehen. Ja und die Menge, sie zog vorbei aber keine Li und keine Maria waren in Sicht.

Ich machte mir so meine Gedanken und kam zum Schluss. Ich würde noch eine Nacht anhängen aber spätestens am 10. würde ich Richtung Singapur losfahren. Ich wollte nun endlich wissen, was es mit diesem Film auf sich hatte. Das würde mir eventuell dabei helfen, das Geheimnis zu lüften. Sollten es irgendwelche nichtssagenden Bilder sein oder eventuell die barbusige Maria, würde ich vielleicht einen kleinen Seitenblick drauf werfen, man war letztendlich ein Mann, und die Fotos im nächsten Abfalleimer entsorgen.

Sollte es nach etwas Kriminellem aussehen, würde ich mir gut überlegen, ob ich mein ganzes Netzwerk in Singapur aktivieren sollte oder die

Mädels erst am Flughafen treffen würde. Eines schien mir offensichtlich. Hätte Maria von dem Film im Koffer gewusst, hätte sie ihn ja kaum dort belassen, als sie den Koffer verkaufte.

Maria ~ 9. Januar

„DU HAST WAS!" Li war völlig ausser sich gewesen. Als ich endlich zu Wort kam und ihr meine Beweggründe darlegte, wurde sie auf einmal still. Viel zu still meiner Meinung nach. Schlafen konnten wir beide nicht. Miteinander reden ging zurzeit auch nicht. In meinem Kopf drehte sich alles.

Die Freude über Williams Auftauchen, die mahnenden Worte von Adriana und Li, meine eigenen Zweifel. Mein schlechtes Gewissen Li gegenüber. Meine innere Überzeugung, dass Li und Cooper einen Draht zueinander hatten, den sie weiterverfolgen sollten. Alles ging drunter und drüber in meinem Kopf. Nur in einem Punkt war ich mir sicher. Ich wollte William sehen, unbedingt. Ich wollte ihm in die Augen sehen während er mir seinen Teil der Geschichte erzählte. Ich hoffte innständig, dass seine Geschichte so logisch und klar sein würde, dass ich sie verstehen und alles verzeihen konnte.

Ich liebte ihn immer noch, natürlich, aber ich liebte ihn nicht bedingungslos. Meine Bedingungen sind gegenseitiger Respekt, Ehrlichkeit und Vertrauen. Wenn diese drei Dinge nicht vorhanden sind, dann ist eine Beziehung in meinen Augen nichts wert. Liebe hin oder her. Für mich war klar. Ich würde die Reise wie geplant fortsetzen. Die Frage war nur: Würde Li noch mit mir kommen?

Li ~ 9. Januar

Wir mussten irgendwann dann doch einmal eingeschlafen sein. Ich hatte gehört, wie Maria sich die ganze Nacht hin und her drehte, war aber viel zu wütend gewesen, um mit ihr eines unserer klärenden Nachtgespräche zu führen.

Hinter meinem Rücken hatte sie diesen Brief an Cooper geschrieben! Ich erinnerte mich wieder an ihr durchtriebenes Lächeln in Penang, das ich auf den Kauf der Bluse zurückgeführt hatte. Und die Zwinkerei von Bill im Lions Pub. Ich wurde rot vor Wut als ich daran dachte!

Und Cooper, was musste der wohl denken! Dass ich meine Freundin vorschob, um an ein Date mit ihm zu kommen! Es war so peinlich!

Am Tag danach war meine Wut verpufft. So geht es mir immer. Ich werde wütend, aber richtig wütend, und dann verpufft es wieder. Weg! Die Wut ist weg. Darum verstehe ich auch Leute nicht, die tagelang schmollen können. Ist mir unbegreiflich. Wie schaffen die das nur, ihre Wut und ihren Groll zu behalten?

Ich hätte Maria bereits heute zur cleveren Ausführung ihres Plans gratulieren können. Die Idee unsere Fotos mit dem Hinweis auf das Lions Pub an verschiedenen Orten zu platzieren war wirklich gut gewesen. Die Ausführung auch. Ich war ja bei der Verteilung zum Teil sogar dabei gewesen, zum Beispiel im Swiss Hotel, aber ich hatte nichts bemerkt. Nach reiflicher Überlegung hielt ich es zudem für äusserst unwahrscheinlich, dass Cooper diesen Brief je zu Gesicht bekommen würde.

Maria war etwas überrascht, aber auch sichtbar erfreut, als ich sie heute angrinste. Wohlgemut zogen wir Richtung Furama zum Frühstück. Ich merkte schon, dass Maria dem Frieden nicht so ganz traute, aber ich liess sie absichtlich noch ein wenig schmoren. Wir redeten über dies und jenes, ohne die „gefährlichen" Punkte anzusprechen. So verbrachten wir den Tag mit shoppen.

Ich hatte ein für mich einmaliges Erlebnis, als eine Verkäuferin meinte:

„Diese Kleidung sieht an einer grossgewachsenen Person halt fantastisch aus!"

Natürlich musste ich die Teile haben. Eine schwarze Stoffhose mit einem ganz speziellen Faltenwurf und ein weisses Oberteil dazu, vorne geknöpft, mit einem asiatischen Muster und Stehkragen. Und tatsächlich, ich mit meiner Grösse von 1,60 m überragte die Verkäuferin um mindestens 10 cm. Ein ganz neues Gefühl.

Maria kaufte sich ein leichtes Sommerkleidchen wieder mehr Richtung William-Mode, aber doch nicht ganz, wie ich zu meiner Freude bemerkte.

William ~ 10. Januar

Bald werde ich meine Liebste wiedersehen! Meine umwerfende, unschuldige, süsse Maria, die sogar aufgebrochen war, um mich zu suchen. Mit dem hatte ich nun wirklich nicht gerechnet, dass sie die Reise alleine antreten würde. Ich war mir hundert Prozent sicher gewesen, dass sie bei Adriana unterschlüpfen würde. Hatte ich doch kürzlich erst alle Hotelbuchungen storniert.

Ich musste mir aber auch ehrlich zugestehen, dass ich in den letzten Wochen vieles nicht richtig durchdacht hatte. Dieses spontane Handeln entsprach wirklich nicht meinem Naturell. Was hatte ich mir nur eingebrockt mit meinem Ehrgeiz!
Eines wusste ich mit Gewissheit. Ich musste Maria so schnell wie möglich finden um zu retten, was noch zu retten war. Und dann gab es ja auch noch die Filmrolle in Marias Gepäck …

Maria ~ 11. Januar

Etwas lustlos waren wir gestern Richtung Port Dickson aufgebrochen. Eine gewisse Reisemüdigkeit vermutlich. Trotzdem waren wir froh, aus der Grossstadt herauszukommen. Ich war unterdessen davon überzeugt, dass William nicht dort sein würde. Er war einfach nicht der Typ, der spontan loszog. Er hatte gerne einen Plan. Auch darum war ich aus allen Wolken geflogen, als im Dezember nicht alles wie am Schnürchen geklappt hatte.

Nebst seinem guten Aussehen und seiner Intelligenz waren seine Verlässlichkeit und seine Gradlinigkeit für mich grosse Anziehungspunkte gewesen. Meine Eltern waren beide Typen der Lebensauffassung: Gott wird es schon irgendwie richten, solange man sich wie ein anständiger Mensch verhält.

Adriana und ich hatten und haben gerne eine Struktur. Schon als Kinder haben wir unseren Tagesablauf mit einem Stundenplan für vor und nach der Schule eingeteilt. Ich war mir also ziemlich sicher, dass ich William erst beim nächsten Fixpunkt, nämlich in Singapur, vor der Abreise nach Denpasar wiedersehen würde, wenn überhaupt.

Nachdem ich zum tausendsten Mal alles, was passiert war seit Dezember hatte Revue passieren lassen in den vergangenen Nächten, war mir immer wieder bewusst geworden, wie wenig ich William eigentlich kannte. Alles was ich glaubte gewusst zu haben, war in Frage gestellt worden. Falls er wirklich auftauchte und eine Erklärung hatte, würde ich ihm je wieder vertrauen? Würde ich noch mit ihm in ein fremdes Land gehen und eine Familie gründen wollen? In Amerika war ich ihm total ausgeliefert. Ich würde nicht arbeiten können, hätte kein eigenes Geld mehr und würde, ohne seine Erlaubnis nicht einmal mit den Kindern das Land verlassen können.

Bei diesem Punkt angelangt, musste ich mir eingestehen. Egal was William zu sagen hatte, die Hochzeit würde nicht wie geplant stattfinden und Kinder waren in weite Ferne gerückt. Nicht dass wir in der nahen Zukunft schon Kinder geplant hatten, aber natürlich hatten wir über die Zukunft gesprochen. Ein Junge und ein Mädchen hätten wir gerne gehabt. Aneinander gekuschelt im Bett eines Sonntagmorgens hatten wir über Namen gesprochen. Namen die sowohl auf Englisch wie auch italienisch gut klingen sollten. Francis oder Francesco für den Jungen und Julia oder Giulietta für das Mädchen. Tränen liefen mir über die Wangen, als ich mich in Gedanken von ihnen verabschiedete.

Vom Liegestuhl nebenan streckte mir Li wieder einmal ein Taschentuch unter die Nase, mit einem Biskuit drauf, dass sie vorsorglich beim Frühstücksbuffet eingepackt hatte.

Li ~ 11. Januar

Nun lagen wir hier in Port Dickson an einem wunderschönen Pool. Beidseits davon ragten Fächerpalmen in den blauen Himmel. Der Garten voller tropischer Blumen, Bougainvilleas, Hibiskus und andere, die ich nicht benennen konnte. Schmetterlinge und bunte Vögel, die sich von der leichten Brise tragen liessen. Einen frisch gepressten Ananassaft in der Hand und eine heulende Maria auf dem Liegestuhl nebenan.

Nicht, dass bei mir alles eitel Fröhlichkeit gewesen wäre. Ich hatte die letzten drei Nächte gegrübelt, meine Mutter betrauert und einige Entschlüsse gefasst. Einer davon war, in Singapur Martin zu kontaktieren und zu versuchen, einigermassen reinen Tisch zu machen. Der Zweite war, diesen William irgendwo hinzutreten, wo es weh tat und der Dritte, vorwärts zu schauen und zu geniessen, was das Leben Schönes zu bieten hatte. Und das wollte ich jetzt gleich umsetzten, und es klappte so schlecht mit einer heulenden Maria nebenan.

Wir hatten enormes Glück gehabt mit dem Hotel. Nach einer eineinhalbstündigen Busfahrt waren wir in Port Dickson angekommen. Dort nahmen wir ein Taxi und klapperten die drei Hotels ab, die wir uns in Kuala Lumpur aufgeschrieben hatten. Maria glaubte nicht mehr daran, William hier anzutreffen, weshalb wir uns einfach für das Schönste entschieden hatten.

Alle drei Hotels waren sehr spärlich belegt gewesen, das hatte ich bei unseren Begutachtungen erkannt, weshalb ich einfach einmal den Versuch wagte, um den Übernachtungspreis zu feilschen. Und siehe da, mit Erfolg! Jetzt residierten wir hier im Ming Court Hotel. Belegten ein Zimmer mit Blick auf den Swimmingpool. Es gab einen schönen Strand, verschiedenste Verpflegungsmöglichkeiten, eine zurzeit geschlossene Diskothek und eine Bar mit einem Pianisten namens Moses. Dies alles zu einem äusserst akzeptablen Preis. In der Hochsaison hätte uns dieses Zimmer mindestens das Dreifache gekostet. Am Abend waren wir noch in der Bar gewesen, jedoch war die Musik nicht nach unserem Geschmack und ein paar der wenigen Gäste glotzten Maria dauernd so unverschämt an, dass wir beschlossen, einen Spaziergang am Meer zu machen.

Dort setzten wir uns auf eine Bank. Nicht lange danach kam eine mit Früchten beladene Gruppe Männer des Wegs Sie setzten sich auf die Bank nebenan.

Ich erkannte Rambutans und Durians. Rambutans sehen in etwa aus wie rote haarige Kastanien, etwas grösser vielleicht. Wenn man sie schält, kommt die weisse Frucht mit Kern zum Vorschein, die ähnlich schmeckt, wie die in Europa besser bekannte Lychee. Von Durians hatte ich bis anhin nur gehört, oder sie auf Verbotsschildern gesehen und brannte darauf, sie zu probieren.

Man muss wissen, dass der Verkauf von Durians, auch Stinkfrucht genannt, selbst in vielen ostasiatischen Läden verboten ist, weil sie so abscheulich riechen. Sie in ein Hotel zu bringen, um sie zu verspeisen, war verboten. Diese grosse, gelbe, stachelige Frucht riecht wie ein Potpourri aus alten Turnschuhen, abgestandenem Fondue und süssem Deodorant auf einem synthetischen T-Shirt. Trotzdem ist die Frucht unheimlich beliebt in Südostasien.

Ich wusste, es war nur eine Frage der Zeit bis wir eingeladen würden, die Früchte zu probieren, deshalb zwang ich Maria mit mir zu warten. Tatsächlich, bald fasste einer der Truppe den Mut uns einzuladen, und bot uns ein Stück Durian an. Maria lehnte dankend ab, aber ich griff zum grossen Amüsement der Anwesenden gerne zu und war angenehm überrascht. Es schmeckte wirklich ausgezeichnet!
Wie sich herausstellte, handelte es sich bei der Truppe um Angestellte einer Firma, die mit Vitaminpräparaten handelte. Sie alle waren hier zur Weiterbildung. Wir kehrten zusammen zurück ins Hotel und stellten unter grossem Gelächter fest, dass wir alle auf derselben Etage wohnten und Zimmernachbarn waren.

Die Durian, die Durian, sie plagte mich die ganze Nacht. Wie ein Stein lag sie in meinem Magen, und als sie sich dann endlich aus meinem Körper verabschiedete, stank es so erbärmlich, dass ich keine Worte dafür habe.

Cooper ~ 13. Januar

Zurück in Singapur. Nun dauerte es nicht mehr lange und ich würde endlich erfahren, was es mit dieser Filmrolle auf sich hatte. Ob es wohl ein Fehler gewesen war, nicht nach Port Dickson zu fahren? Ob ich mir das mit Li vielleicht nur eingebildet hatte, nur weil sie dem Bild meiner Teenage-Buchheldin entsprach?

Ich konnte vorerst nur eines tun: Meinen Freund Victor anrufen und schauen, ob er Lust hatte auf ein Bier.

Maria ~ 14. Januar

Li und ich hatten eben fertig gefrühstückt, als Thomas und Steven von der Vitamin-Truppe vorbeikamen und uns fragten, ob wir Lust hätten, eine Früchteplantage zu besuchen. Natürlich wollten wir! Am Swimmingpool herumliegen und lesen war schon schön, aber wir konnten beide etwas Abwechslung gebrauchen.

Ab in den Kleinbus und los. Auf der Farm standen Durian-, Sternfrucht-, Mango- und Papayabäume und viele andere mehr, von denen ich nicht einmal versuchte, die Namen zu behalten. Es gab auch viele Sträucher mit Früchten dran. Einer hatte Früchte, die aussahen wie Pflaumen, einfach etwas länglich. Das Fruchtfleisch sah von der Konsistenz her aus wie dasjenige der Rambutan aber gelblicher. Grosses Gelächter gab es, als Li in den Kern einer Frucht beissen wollte, den man offenbar nicht isst. Zu sehen waren auch wunderschöne

Bonsais und Blumen. Die Farmersfrau liess es sich nicht nehmen, uns zum Abschied eine Ladung Früchte zu schenken.

Mit dem Kleinbus ging es weiter an eine schöne Bucht und danach wieder zurück ins Hotel, wo wir alle an den Strand stürmten und uns gegenseitig neckten und anspritzten.

All dies löste so eine Art Klassenlager-Gefühl bei mir aus, eine lang vermisste Sorglosigkeit und bei Li tat es genau dasselbe. Wie sie da im Wasser mit den Jungs rangelte und lachte und kämpfte wie eine Löwin, die langen Haare klatschnass. Die Jungs machten sich einen Spass daraus, sie aufzuheben und ins Wasser zu katapultieren. Ein schöner Tag, ein wirklich schöner Tag.

Li ~ 15. Januar

„Maria, schläfst du noch? Maaariaaa!"

Gestern war es ganz schön spät geworden, oder anders gesagt, heute früh. Thomas und Steven wollten unbedingt am Abend noch ausgehen und dann im Hotel noch etwas trinken und dann… Maria und ich wussten schon lange, dass der Annäherungsversuch bald einmal kommen würde.

Tatsächlich beim Gutenachtsagen – morgens um drei Uhr – meinte Thomas, er könne bestimmt nicht schlafen ohne einen Gutenachtkuss auf die Wange. Worauf Steven natürlich dasselbe für sich behauptete. Das konnten wir natürlich nicht zulassen, dass die beiden Jungs nicht schlafen konnten, also Küsschen auf die Wange. Dann der Vorschlag von Steven, ich solle doch da bleiben und Thomas mit Maria ins andere Zimmer gehen. Wir übergingen dies lachend und verabschiedeten uns ins Nebenzimmer.

Als ich aus dem Bad herauskam, war Maria am Telefon und sagte: „Nein, nein, nein." Sie reichte mir den Hörer. Es war Steven, der meinte, er schicke jetzt Thomas los und ich solle zu ihm rüberkommen.

Ich sagte nur: „Das würde ich an eurer Stelle nicht machen. Es wäre doch jammerschade, wenn Thomas ganz alleine im Korridor stehen würde und niemand würde ihm die Türe öffnen. Wenn ihr es nochmal ernsthaft probiert, könnte ihr sicher schlafen."

So ging es noch eine Weile hin und her, bis Maria wirklich genug hatte und sagte:

„Schaut, es ist wie beim Alkohol, da weiss ich auch ganz genau, wann es genug ist. Jetzt ist genug."

Leider reichte aber auch dies noch nicht ganz um die Jungs zu entmutigen.

Deshalb sagte ich zu Maria: „Jetzt gibt es nur noch eines, wir müssen den Beiden echt ins Gewissen reden."

Als Steven erneut anrief sagte ich: „Wir danken euch für den wunderschönen Tag und den tollen Abend. Wir haben es sehr genossen, aber glaube mir, egal wie oft ihr noch anruft, es bleibt beim Nein, und wir hoffen, dass ihr dies akzeptieren könnt und nicht den schönen Abend ruiniert."

Jetzt waren sie richtig geknickt und entschuldigten sich zehnmal mehr als es überhaupt nötig gewesen wäre, weil, wir hatten es wirklich genossen, auch das Geplänkel am Telefon.

Maria regte sich so langsam. Das Frühstück hatten wir verpasst, aber wir waren rechtzeitig bereit um der Diethelm Crew zum Abschied zu winken. Wir würden sie vermissen, das wussten wir jetzt schon.

Cooper ~ 16. Januar

Aha, so war das also! Nicht dass ich wusste, worum es ging. Pläne, das war eindeutig, Skizzen, Berechnungen, alle möglichen Ansichten und Querschnitte von ... etwas. Zum wiederholten Male schaute ich mir die Fotos an und versuchte, mir einen Reim darauf zu machen. Und wieder kam keine Erleuchtung. Was die Fotos darstellten, wusste ich nicht.

Wie sie in Marias Koffer gelangt waren, da hatte ich eine starke Vermutung. Dieser William, den Bill und Maria erwähnt hatten, musste die Filmrolle heimlich in Marias Koffer versteckt haben, damit sie diese – offenbar brisanten – Aufnahmen für ihn aus dem Land schmuggeln würde. Heimlich, sonst hätte Maria ja wohl die Filmrolle entfernt, als sie den Koffer verkaufte. Dies löste dann aber das Geheimnis nicht, warum Maria offenbar auf der Suche war nach William und, was mich persönlich viel mehr interessierte, was Li mit dem Ganzen zu tun hatte.

Als ich in der Detektei vorbeigegangen war, sah ich, dass Marias Bild nicht mehr im Büro hing. Edward sagte mir, dass er diesbezüglich nie einen Auftrag erhalten hatte und auch nie eine weitere Meldung. Weshalb nun folgende Frage offen war. Würde Maria am Flughafen aufgegriffen werden, sobald sie Richtung Indonesien einchecken wollte, oder war die Fahndung abgebrochen worden? Was zur Frage führte, was würde ich unternehmen?

Ich wollte definitiv immer noch Li wieder treffen. Ich hätte gerne dieses Rätsel gelöst und ich wollte sicherlich nicht Maria in Schwierigkeiten bringen. Es blieb mir demzufolge nur eines übrig. Ich kaufte mir für den 23. Januar ein Ticket nach Bali mit Thai Airways, 9.30 Uhr, wie es in Marias Brief stand. Bis dahin würde ich mich gedulden müssen und niemandem etwas von den Fotos erzählen.

Ich hatte also eine Woche Zeit, um meine Kumpels zu treffen und Victor zu helfen, seine Wohnung neu zu streichen. Zudem wollte ich in der Singah-Bar vorbeischauen. Vielleicht brauchten sie ja eine Aushilfe. Ich hatte zwar immer noch ein gutes Geldpolster, aber ich wollte nicht daran zehren, wenn es nicht sein musste.

Li ~ 17. Januar

Ohne unsere Vitamin-Freunde war es im Ming Court Hotel nicht mehr dasselbe. Wir hatten beschlossen aufzubrechen. Mit dem Taxi nach Port Dickson und danach mit dem Bus nach Melaka.

Die Busfahrt war wieder einmal von der miesen Sorte. Der Bus war überfüllt, wir sassen auf unseren Rucksäcken im Gang. Links und rechts sich übergebende Kinder. Am schlimmsten war ein Vater, der seinen sich abwechslungsweise übergebenden Mädchen jedes Mal zusätzlich eine Ohrfeige verpasste. Niemand schien sich daran zu stören. Ich biss die Zähne zusammen, wohl wissend, dass es wegen dem Gesichtsverlust des Herrn nicht angebracht gewesen wäre, ihn öffentlich zurechtzuweisen. Ich versuchte es mit strafenden Blicken. Die erhoffte Wirkung blieb leider aus.

Endlich Melaka, der Busbahnhof. Maria und ich schauten uns an.

„Hast du Lust, hier zu bleiben", fragte ich.
„Nein Danke", sagte sie.

Wir hatten Glück und ergatterten ein Busbillet nach Singapur mit Sitzplätzen. Die Fahrt verlief ähnlich wie die erste des Tages, mit dem einzigen Unterschied, dass man das Erbrochene weniger roch, weil der Gestank aus der Toilette viel stärker war. Nachts um zehn Uhr erreichten wir Singapur und zogen in das erstbeste Hochhaushotel, das wir bezahlen konnten, das Phoenix, 17. Etage.

Maria ~ 18. Januar

Ich glaube, wenn ich auf meinen geplanten Vorflitterwochen mit William nach Singapur gekommen wäre, hätte es mir vermutlich gefallen. Es ist anzunehmen, dass mir auch Bangkok gefallen hätte, in einem schönen Hotel mit wohlgeplanten Ausflügen in der Limousine oder im Taxi.

Li war für diese Stadt nicht die richtige Reisegefährtin. Unser Hotel nannte sie einen überteuerten Gefängniskasten. Für die Läden an der Orchard Road hatte sie nur verächtliche Blicke übrig. Die klimatisierten Restaurants nannte sie Kühlschränke und wieviel sie von den Burger Kings, Pizza Huts und anderen amerikanischen Fastfood-Ketten hielt, hätte man locker in einem Stecknadelkopf unterbringen können.

Ich hatte trotzdem Lust auf eine Pizza. Pizza, mir lief das Wasser im Munde zusammen! Li kapitulierte. Sie wusste, wenn eine Italienerin Lust hat auf

Pizza, soll man sie nicht aufhalten. Also los! Aha, man setzt sich nicht einfach an einen Tisch „Please wait to be seated". Endlich sassen wir an einem Tisch. Dann kam die Speisekarte. Ich verstand gar nichts mehr. Was sollte das alles mit diesen verschiedenen Böden und den unmöglichen Zutaten. Wer um Himmels Willen tut Pasta auf eine Pizza?

Li zuckte nur mit den Schultern und schüttelte den Kopf. Sie hatte auch keine Ahnung. Mir graute. Als die Bedienung die Bestellung aufnehmen wollte und fragte:

„How many slices" (übersetzt: wie viele Schnitten) reichte es uns.

Wir sagten: „Bringen sie uns je eine ganz normale Pizza Margherita bitte, nach italienischer Art."

Sie zog ab. Als sie wieder kam, hatte sie zwei Bleche in der Hand. Man hätte pro Pizza mühelos eine sechsköpfige Familie ernähren können. Das heisst, wenn es denn geniessbar gewesen wäre. Der Boden war wie ein Schwamm, drei Zentimeter hoch! Davon hätte eine Schnitte natürlich genügt. Das war auch alles, was wir hinunterbrachten.

Wie hätte William mich ausgelacht! Ich setzte ein weiteres Fragezeichen hinter mein Leben in den USA. Was sollte ich dort wohl essen?

Li ~ 19. Januar

Das Leben in Singapur war mir viel zu teuer. Wenn das so weiterging, war ich in zwei Monaten wieder zuhause. Es war zu früh. Ich war noch nicht so weit. Konnte die Konsequenzen meines Handelns noch nicht tragen und mein Leben in der Schweiz noch nicht weiterführen.

Widerwillig erklärte Maria sich bereit, eine neue Bleibe zu suchen. Nach dem Ming Court und dem Phoenix fiel es ihr schwer, wieder in die Rucksack-Touristen-Sphäre zurückzukehren. Sie war jedoch vernünftig genug zu sehen, dass uns das Geld zwischen den Fingern durchrann. Wir durchwanderten Singapur auf der Suche nach einer günstigen Bleibe. Fünf Stunden, es war wirklich schwierig. Alte Häuser werden in Singapur abgerissen und durch Wolkenkratzer ersetzt. Man will wachsen, modern, perfekt sein. Zum Schluss fanden wir aber doch noch ein Zimmer in einem kleinen chinesisch geführten Hotel, in der Art, wie wir es in Georgetown gehabt hatten. Wir buchten es für den morgigen Tag, da wir das Phoenix sowieso hätten zahlen müssen. Es war bereits Stunden nach Check-Out-Zeit. Im Restaurant, in dem wir assen, fragte uns der Kellner, ob er uns ein wenig von Singapur zeigen dürfe. Dieses Angebot nahmen wir gerne an.

Und so führte er uns an den Boat Quai und erzählte uns ein wenig aus seinem Leben. Leider kam noch ein Freund von ihm dazu, der seine Finger nicht von Maria lassen konnte, weshalb wir uns bald verabschiedeten.

Maria ~ 20. Januar

Nachdem wir umgezogen waren und sich Lis Laune gebessert hatte, fanden wir, es sei Zeit, ein paar Sehenswürdigkeiten abzuklappern. Wir einigten uns für den Anfang auf den Japanischen und den Chinesischen Garten. Zwei grosse Parks etwas ausserhalb des Zentrums. Der Japanische Garten überzeugte uns durch seine Klarheit und Ruhe. Man könnte wohl gut meditieren an einem solchen Ort, dachte ich mir.

Da wir nun so schön entspannt waren, sagte ich:

„Du Li, morgen möchte ich gerne aufs Hauptpostamt gehen, um Adriana anzurufen. Hast du dir zwischenzeitlich einmal Gedanken darüber gemacht, ob du Martin anrufen möchtest?"

„Ja, das habe ich und ja, ich werde ihn morgen anrufen", kam die für mich völlig überraschende Antwort. In einer Gelassenheit ausgesprochen, die ich fast nicht für möglich hielt.

Diese Li, da sagte sie ein paar Wochen einfach nichts zu einem Thema. Wahrscheinlich wälzte sie alles in ihren Gedanken fünfmal um, und kam dann für sich und mit sich alleine zu einem Schluss, den sie mit einer Klarheit vertreten konnte, wie sonst niemand. So war sie immer.

Ich hingegen, musste meine Gedanken immer aussprechen. Ich kann gar nicht aufzählen, wie oft ich mit Li das Für und Wider, das Mögliche und Unmögliche und überhaupt alles zum Thema William erörtert hatte in den letzten Wochen. Dabei war von vornherein klar, dass ich sowieso nichts entscheiden konnte, solange ich ihn nicht gesehen hatte. Vielleicht tauchte er ja überhaupt gar nie mehr auf in meinem Leben. Es war mir völlig bewusst, dass ich total ins Blaue hinaus plante, abwägte, träumte und trotzdem konnte ich es nicht lassen.

Li nahm es hin, gab mir Inputs wo sie konnte und respektierte jeden meiner täglich wechselnden Entscheide, so wie wir es in Kuala Lumpur abgemacht hatten.

Je nach Befinden beschloss ich nämlich:

    William nie mehr sehen zu wollen.

    William alles zu verzeihen, egal was es war.

    William anzuhören, um ihn danach zum Teufel zu jagen.

Nun hatte Li den Entschluss gefasst, Martin anzurufen. Ich fand das gut, und sagte es ihr auch.

Li ~ 21. Januar

Selbstverständlich hatte auch heute die „freundliche" Dame am Empfang uns ein „habt ihr schon bezahlt" hinterhergerufen, ohne uns einen guten Morgen zu wünschen. Die ganze Familie war paranoid. Die mussten ein paar Mal fürchterlich übers Ohr gehauen worden sein. Jeden Abend mussten wir im Voraus für die Nacht bezahlen und am nächsten Morgen wurden wir trotzdem immer gefragt, ob wir schon bezahlt hätten. Darum war es besser, zu jeder Zeit die Quittung zur Hand zu haben. Die verschiedensten Familienmitglieder wechselten sich am Empfang ab, und obwohl sie so auf das Geld bedacht waren, schien es keinem von ihnen in den Sinn zu kommen, eine Liste zu führen, wer bezahlt hatte und wer nicht. Oder war es vielleicht doch so, dass sie nur uns nicht trauten?

Nachdem wir im „Kühlschrank" nebenan gefrühstückt hatten – manchmal hatten wir einfach Lust auf ein kontinentales Frühstück – machten wir uns auf den Weg zum Hauptpostamt. Mittlerweile kannten wir uns recht gut aus in Singapur. Meistens gingen wir zu Fuss. Wir hatten ja Zeit. Am meisten freuten uns die Kontraste. Im Citycenter dieser hochmodernen Stadt konnte es sein, dass man um eine Ecke bog, und vom Anblick eines buddhistischen Tempels überrascht wurde. Oder man befand sich plötzlich in Kleinindien, mit seinen Armreifen, seiner Musik, den Frauen, gekleidet in farbenfrohe Saris... Diese Stadt war eine richtige Wundertüte.

Ich rief Martin an. Zuerst versuchte ich es auf der Hausnummer. Ohne Erfolg. Dann auf der Ladennummer und tatsächlich, zu meiner grossen Überraschung antwortete Martin. Ehrlich gesagt, ich hatte nicht damit gerechnet. Er war so selten im Laden gewesen. Auf der anderen Seite hatte er jetzt wohl kein unbezahltes Personal mehr.

„Hallo Martin, ich bin's Li", sagte ich. „Es tut mir leid, dass ich einfach abgehauen bin, ohne dir etwas zu sagen, aber ich musste es einfach tun. Ich hatte meine Gründe. Da will ich jetzt nicht näher darauf eingehen. Ich wollte dir nur schnell sagen, dass es mir gut geht. Dass ich auf Reisen bin, und dass wir über alles in Ruhe sprechen können, wenn ich wieder zurück bin."

„Gott sei Dank", tönte es aus der Leitung. „Ich bin so froh, dass du mich anrufst Liana, ich habe mir grosse Sorgen gemacht. Nachdem ich gesehen habe, dass der Kühlschrank geleert und geputzt war und dein Pass fehlte, wusste ich zwar, dass du freiwillig fortgegangen bist, das heisst ich nahm es an. Aber als dann Woche für Woche verstrich ohne ein Wort, wusste ich wirklich nicht, ob ich die Polizei einschalten sollte oder nicht.

Ich sagte mir, sie ist volljährig und du bist nicht einmal ihr richtiger Vater, was kannst du schon tun? Aber leicht ist es mir nicht gefallen. Komm nach Hause Kind. Ich weiss, wir müssen reden. Wir müssen auch so vieles regeln. Du erbst das Haus, das weisst du doch oder? Du musst dich entscheiden, was du damit anfängst. Wo bist du überhaupt? Bist du weit weg? Hast du das Geld für einen Rückflug?"

„Ja, das habe ich schon, aber ich wollte noch eine Weile unterwegs sein, mehr Abstand gewinnen", erwiderte ich.

„Ich würde dich nicht drängen, aber es ist wegen dem Haus und dem Laden. Ich habe niemanden angestellt, der Laden steht leer. Ich bin zufällig gerade hier, weil ich einen Einrichtungsgegenstand für einen Kunden gebrauchen kann. Ich bin auch aus der Wohnung ausgezogen. Das Haus ist unbewohnt. Du musst zurückkommen. Wenn du das Haus vermietest, hast du ein geregeltes Einkommen und kannst auch wieder auf Reisen gehen. Aber wir müssen das Geschäftliche regeln. Ich habe gedacht, ich zahle dir den Anteil deiner Mutter am Geschäft aus, aber das möchte ich nicht am Telefon besprechen. Bitte komm zurück, je eher desto besser!"

„Ok Martin, verstanden, ich werde es mir überlegen. Ich muss das jetzt erst einmal verdauen. Ich melde mich wieder. Tschüss", und damit beendete ich das Gespräch.

Maria ~ 22. Januar

Bei Adriana war alles gut gewesen. Von William hatte sie nichts mehr gehört. Mir war klar, dass ich ihn entweder morgen auf dem Flughafen sehen würde, oder sonst wahrscheinlich nie mehr. Aber heute oder besser gesagt letzte Nacht, war es für einmal nicht um mich gegangen, sondern um Li. Was sie tun sollte, wie sie es tun sollte. Wir redeten und redeten die ganze Nacht durch, bis dass der Morgen dämmerte.

Dafür hatten wir beschlossen heute alles leicht zu nehmen. Mit der Seilbahn fuhren wir nach Sentosa. Das ist eine kleine, zu Singapur gehörende Insel, die als Naherholungsgebiet dient und diverse touristische Attraktionen bietet. Unter anderem auch schöne Badestrände und eine vielfältige Pflanzen- und Tierwelt. Wir hatten richtig Lust darauf, in die Natur zu kommen, nach all dem Betrieb in der Stadt. Wir faulenzten, schwammen, spazierten und sprachen ganz bewusst nur über das, was gerade im Hier und Jetzt war. Keine Vergangenheitsbewältigungen, keine Zukunftspläne, einfach nur geniessen! Am Abend, als wir unsere letzte Nacht bezahlten und sagten, dass wir morgen auschecken würden, wurden wir wider Erwarten ausgesprochen herzlich verabschiedet. Scheinbar hatte uns die Familie doch irgendwie ins Herz geschlossen.

Ein letztes Abendessen im Satay-Club, wo wir zu unserer grossen Freude Adi und Till antrafen, die nach Ko Samui nach Langkawi gereist waren, einer Inselgruppe im Norden Malaysias, und dann weiter durch Malaysia. Wir tauschten unsere Reiseerlebnisse aus und verbrachten einen wunderschönen, unterhaltsamen Abend miteinander.

Danach zurück zum Hotel, um zu packen. Ich brauchte eine halbe Ewigkeit, mich zu entscheiden, was ich für den Flug morgen anziehen wollte. Ich wollte gut aussehen, für den Fall, dass William auftauchte. Meine Vorflitterwochen-Garderobe passte aber irgendwie nicht mehr ganz so gut zu mir, wie im Dezember. Ich fühlte mich fast ein wenig verkleidet. Die Kleider kamen mir zu damenhaft vor.

Ich wollte aber auch nicht mit Pluderhosen und Gummischlappen an den Flughafen. So wählte ich das Sommerkleid, das ich in Kuala Lumpur gekauft hatte, weiss mit blauen Punkten und einem schönen Kragen. Es erinnerte mich an einen amerikanischen Film, wahrscheinlich mit Grace Kelly, den ich einmal im Kino gesehen hatte. Dazu wollte ich meine letzten übriggebliebenen weissen Pumps tragen. Sonst besass ich nur noch ein Paar flache Ledersandalen und die Gummischlappen als Schuhwerk.

Li und ich wurden noch ein wenig rührselig, aber nicht allzu fest. Das hatten wir uns verboten.

Cooper ~ 23. Januar

Na endlich! Seit sechs Uhr morgens war ich die Abflugshalle auf und ab paradiert. Dann kam die Anzeige auf die Tafel. Zwischen Schalter sechzehn und achtzehn der Thai Airways konnte eingecheckt werden. Dort hatte ich mich postiert. Und ich sah sie von weitem kommen. Maria, das blonde Haar womöglich noch blonder. Der Teint goldbraun. Sehr elegant, in einem weissen Kleid.

Und daneben Li. Ihre langen, glänzenden dunklen Haare. Ihr weicher Gang. Die Selbstsicherheit, die sie ausstrahlte. Die Unabhängigkeit eines schwarzen Panthers. Wo die Beiden vorbeigingen, drehten sich die Köpfe. Sie hielten direkt auf mich zu. Gerade sah ich, dass Li mich entdeckt hatte, als ein anderer Mann in einem Anzug auf die Beiden losstürzte. War es wohl ein verdeckter Ermittler oder der ominöse William? Ich hielt mich noch immer etwas abseits und beobachtete, wie

Maria die beiden miteinander bekannt machte. Also doch wohl William. Der hatte Maria umarmen wollen, aber diese war schnell einen Schritt zurückgetreten und war ausgewichen.

Li reichte dem Typen etwas steif die Hand. Ihre Körpersprache war deutlich und sagte: Ich traue dir nicht. Dann umarmte sie Maria, sagte ihr etwas ins Ohr und kam auf mich zu. Maria hatte mich nun auch entdeckt und winkte.

Mein Herz klopfte wild. Ich wollte Li entgegenrennen, sie an mich drücken und lange, lange nicht mehr loslassen. Wie hatte ich diesen Moment herbeigesehnt! Aber ich wollte sie nicht erschrecken und zwang mich dazu, still zu warten.

Li ~ 23. Januar

Ich erblickte Cooper ziemlich genau in dem Moment, als William mit einem freudigen Lächeln auf Maria zugestürzt kam und sie umarmen wollte.

Nun, so einfach würde es wohl für ihn nicht werden, erkannte ich an Marias Reaktion. Ich war mir nie sicher gewesen, ob Maria nicht schon beim ersten Blickaustausch mit William weich werden würde wie ein Wattebäuschchen. Jetzt hatte ich den Beweis. Dieser Schritt zurück sagte mir alles. Erleichtert reichte ich William die Hand zur Begrüssung, auch wenn ich ihn viel lieber gegen das Schienbein getreten hätte.

Ich wollte den Beiden Zeit lassen und ich wollte zu Cooper. Deshalb umarmte ich Maria und flüsterte ihr ins Ohr: „Du alleine triffst die Entscheidung." Sie drückte meine Hand zur Bestätigung.

Da stand er, die Lässigkeit in Person! Jeans, T-Shirt eine uralte abgewetzte Ledertasche neben sich. Die Haare etwas länger, als beim letzten Mal. Es stand ihm gut. Und er grinste mich an. Mir lief es heiss und kalt den Körper hinunter. Ich versuchte, mir nichts anmerken zu lassen, grinste zurück und sagte nur:

„Hey!"

„Hey selbst", sagte er, und grinste nun wirklich von Ohr zu Ohr.

„Fliegst du nach Bali?", fragte ich, auf den Schalter deutend.

„Sicher", sagte er, „ihr doch auch, oder?"

„Na ja", sagte ich, „das war der ursprüngliche Plan. Jetzt fliegt nur Maria, vermutlich mit William. Ich fliege heute Nacht zurück in die Schweiz. Ich habe Maria nur an den Flughafen begleitet."

Ich war mir nicht sicher, aber mir schien, dass Cooper eben eine Spur bleicher geworden war.

„Es ist eine lange Geschichte", sagte ich.
Da kamen auch schon Maria und William. Maria stellte Cooper vor und meinte, sie und William würden jetzt einchecken. Wir verabschiedeten uns

ohne viele Worte. Wir hatten ja bereits alles vorbesprochen und wussten genau, wie die Andere dachte und fühlte.

Cooper stand einen Moment da wie angenagelt. Dann schaut er zu, wie Maria und William eincheckten und dann zur Uhr.

Cooper ~ 23. Januar

Es war sieben Uhr. Der Check-in-Schalter war sicher noch ca. zwei Stunden offen. Ich nahm Li beim Arm und sagte,

„Lass uns einen Kaffee trinken gehen. Ich habe auch eine Geschichte für dich und dann erzählst du mir deine."

So setzten wir uns in ein Café und ich erzählte Li von meiner Arbeit und wie ich auf das Interpol-Foto von Maria gestossen war. Und wie ich zurück nach Thailand gereist war und den Koffer gekauft und den Film gefunden hatte.

Ich hatte die Fotos dabei, jedoch die Negative hatte ich sicherheitshalber bei Victor gelassen. Ich zeigte Li die Fotos und sagte ihr, was ich mir dabei so alles gedacht hatte. Und ich sprach von dem Brief, den Maria bei Bill hinterlassen hatte für mich und sah, wie Li die Röte ins Gesicht stieg. Ich sprach schnell weiter. Erzählte ihr, wie enttäuscht ich gewesen war, als ich in Kuala Lumpur vor der verschlossenen Türe der Jugendherberge gestanden hatte, und wie ich erfolglos China Town nach ihnen abgeklappert hatte.

Dies alles ratterte ich in einem Riesentempo herunter, denn die Zeit verstrich und ich wollte unbedingt Lis Story hören und ihre Meinung zur ganzen Maria-Geschichte.

Li ~ 23. Januar

Jetzt war ich an der Reihe. Ich erzählte, wie ich Maria kennengelernt hatte und die ganze Geschichte ihrer sogenannten Vorflitterwochen. Ich erzählte von unseren verschiedensten Versuchen, William aufzuspüren und vor allem bestätigte ich Cooper in seiner Annahme, dass Maria ganz gewiss von diesem Film nie etwas gewusst hatte.

„Meinst du dieser William ist gefährlich?", fragte ich Cooper.

„Ich weiss es ehrlich gesagt nicht", antwortete dieser. „Ich wollte zuerst mit Maria sprechen. Dass William auch im selben Flugzeug sitzt, konnte ich nicht wissen. Vielleicht wäre es jetzt an der Zeit zu sagen, dass, obwohl ich die Geschichte mit Maria, William und dem Film spannend finde, es mir hauptsächlich darum ging, dich wiederzusehen." Dabei schaute er mir in die Augen und legte seine Hand behutsam auf meine.

Und wieder wurde mir heiss und kalt und dann merkte ich, wie mir die Röte in die Wangen stieg und ich fühlte mich absolut hilflos, weil, in welchem Buch gibt es eine Anleitung, wie man sich in so einem Fall zu verhalten hat? Ich tat so, als müsste ich unbedingt etwas aus meinem Rucksack nehmen. Als ich mich wieder aufrichtete, hatte ich mein Gefühlschaos wieder etwas besser unter Kontrolle.

„Du hast also ein Ticket nach Bali in der Tasche für denselben Flug, den Maria jetzt nimmt?", fragte ich.

„Ja, das ist so", antwortete Cooper.

„Dann bitte ich dich, diesen Flug zu nehmen und Maria von den Fotos zu erzählen und William damit zu konfrontieren. Kurz gesagt, Maria zu beschützen. Leider habe ich den heutigen Flug in die Schweiz gebucht. Hätten wir mehr Zeit, würde ich dir auch erzählen warum. Ich schreibe dir jetzt meine Adresse und meine Telefonnummer in der Schweiz auf. Maria hat diese selbstverständlich auch. Sobald ich meine Angelegenheiten dort geordnet habe, komme ich wieder. Ich verspreche es dir", und dabei schaute ich ihm tief in die Augen.

„Bitte lass mich wissen, wie es weitergeht. Du kannst auch ein R-Gespräch anmelden, ich übernehme die Kosten gerne. Mir scheint, ich bin auf einmal ziemlich reich."

Cooper ~ 23. Januar

„Und jetzt musst du gehen, sonst verpasst du den Flug."

Ein schiefes Lächeln, das die Augen nicht erreichte, begleitete ihre Aussage. Energisch schob sie den Stuhl zurück und stand auf. Sie hatte wohl recht. Es war Zeit zu gehen. Ich steckte ihre Adresse ein und übergab ihr einen Zettel mit Victors Adresse in Singapur. Er war meine Konstante und wusste mehr oder weniger immer, wo ich gerade unterwegs war.

Li begleitete mich zurück zu den Schaltern. Ich beugte mich zu ihr hinunter.

„Ist es ok wenn ich dich jetzt …", weiter kam ich nicht. Sie hatte schon ihre Arme um meinen Hals gelegt. Und so küssten wir uns zuerst zärtlich und dann immer intensiver. Es war der perfekte Kuss, anders kann ich es nicht sagen. Ein allgemeines Räuspern der Menge rief mir in Erinnerung wo wir uns befanden, und dass so ein Verhalten an einem öffentlichen Ort in Asien völlig inakzeptabel ist.

Li sah sehr klein und verlassen aus, als ich ihr zum letzten Mal zuwinkte. Ich war mir auf einmal nicht mehr sicher, die richtige Entscheidung getroffen zu haben. Genau genommen war es Li, die die Entscheidung getroffen hatte.

Du hättest gescheiter Maria sich selbst überlassen und stattdessen ein Flugticket in die Schweiz kaufen sollen, meldete sich eine Stimme in meinem Hinterkopf.

Maria ~ 23. Januar

Ich war völlig durch den Wind. Li war weg, William war da und eben sah ich auch noch Cooper als letzten Passagier das Flugzeug besteigen. Dass Li den Flug in die Schweiz nehmen sollte, hatten wir besprochen. Es war das einzig Richtige. Ich hatte sie gedrängt, zurück zu kehren und ihre Angelegenheiten zu ordnen und nicht auf mich Rücksicht zu nehmen. Das wollte ich keinesfalls. Wie sehr mir Li jetzt bereits fehlte, kaum war sie weg, das war für mich die grosse Überraschung. Gestern war ich mir so stark vorgekommen und heute war ich bereits wieder Wackelpudding.

William sass neben mir und plauderte irgendetwas, ich hörte gar nicht richtig zu. Natürlich hatte ich mich gefreut ihn am Flughafen zu sehen. Gleichzeitig war aber eine Riesenwut in mir aufgestiegen. Wie er es wagen konnte! Auszusehen wie immer, dasselbe Lächeln wie immer, dieselbe Begrüssung - die ich allerdings vereitelt hatte - wie immer, als ob nichts gewesen wäre! Keine Falte im Gesicht, kein einziges graues Haar war weit und breit zu sehen, keine besorgte Miene, nichts dergleichen. Auf den Knien hätte er angerutscht kommen sollen, nachdem was er mir angetan hatte!

Wir hatten uns darauf geeinigt, das brennende Thema seiner Abwesenheit erst im Hotel anzuschneiden. Wir wussten beide, dass ich in der Aufregung sehr laut werden konnte. William hasste öffentliche Szenen. Die Asiaten hassen öffentliche Szenen auch. Ich hasse es, wenn ich mich zusammenreissen muss, wenn ich wütend werde. Es gibt Angelegenheiten, wo die Luft raus muss, weshalb ich selbst vorgeschlagen hatte, wir sollten das Thema zurückstellen. Das Problem war nur, alles andere interessierte mich keinen Deut. Ich würde mit William nicht sprechen können, solange ich nicht wusste, warum er mich so sitzengelassen hatte. Und nein, seine Hand wollte ich auch nicht halten!

Ich drehte meinen Kopf zum Fenster und tat so, als ob ich schlief. Ich dachte an Li, die jetzt ganz alleine am Flughafen war. Sie würde erst mitten in der Nacht in die Schweiz zurückfliegen können, wo niemand auf sie wartete, nur dieser Martin. Tränen liefen mir die Wangen hinunter, aber ich hatte meinen Schal so über den Kopf drapiert, dass man sie nicht sehen konnte. Warum war das Leben immer so kompliziert und traurig?

William ~ 23. Januar

Als die Maschine zum Sinkflug ansetzte, kam dieser Typ, dieser Cooper, und fragte Maria, ob sie schon wisse, in welchem Hotel sie wohnen werde in Bali. Mich beachtete der Kerl kaum. Ich sagte:

„Ich habe uns ein Zimmer im Bali Mandira reserviert."

Maria: „Ein Zimmer?"

Ich: „Ja sicher, ein Zimmer."

Maria: „Du denkst aber nicht im Ernst, dass ich das Zimmer mit dir teile?"

Ich: „Doch tatsächlich, das habe ich gedacht, dass du auch grosse Sehnsucht nach mir gehabt hast und mit mir zusammen sein möchtest."

Cooper: „Sorry dass ich kurz unterbreche. Falls du einverstanden bist Maria, teile ich mit euch ein Taxi. Dann sehe ich, wo du untergebracht bist und suche mir ein Losmen ganz in der Nähe. Ich lass' dich wissen wo. Ich muss dich unbedingt sprechen, aber ich kann warten."

Maria war sofort einverstanden gewesen, da sie scheinbar darauf brannte, mit diesem Cooper zu sprechen. Mir schien fast, sie hätte es vorgezogen mit diesem Jeans-Typen loszuziehen. Jedenfalls nahmen wir ein Taxi zusammen.

„Wo ist eigentlich dein Gepäck?", hatte ich gefragt, als ich sah, dass sie sich nur den Rucksack – den Rucksack?! auf den Rücken warf.

„Na da", sie deutete auf den Rücken, „und da", sie hob die ziemlich prall gefüllte Handtasche etwas höher.

„Aber wo ist dein Koffer? Hast du den zu Hause gelassen?"

„Nein, den habe ich in Ko Samui verhökert", antwortete Maria knapp.

Mir war natürlich schon in Singapur aufgefallen, dass sie den Koffer nicht dabei hatte. Nur hatte ich mich nicht in den ersten paar Minuten unseres Wiedersehens schon nach dem Koffer erkundigen wollen.

So war das also. Der Film war weg. Ich wusste nicht, sollte ich traurig darüber sein oder erleichtert. Das war's dann wohl, mein kurzer Ausflug in die Illegalität war zu Ende. Oder doch nicht? Hatte sie den Film etwa gefunden und kannte mein Geheimnis schon? War es überhaupt nötig, ihr die Wahrheit zu sagen, wenn der Film weg war? Gedanken rasten durch meinen Kopf. Ausreden, jede Menge Ausreden. Alle scheiterten an der Tatsache, dass ich nicht angerufen hatte. Im Bali Mandira hatte Maria auf ein eigenes Zimmer bestanden. Cooper hatte sich die Nummer notiert und war abgezogen. Maria wollte sich frisch machen und in einer halben Stunde bei mir vorbei kommen. Was war nur mit meiner Maria passiert im letzten Monat? Sie redete so bestimmt, sie forderte. Es gefiel mir gar nicht.

Dann kam sie an, frisch geduscht, die Haare noch feucht. Sie sah zum Anbeissen aus und ich musste mich in Gedanken korrigieren. Es gefiel mir nicht, wie sie sich verhielt, sie aber gefiel mir sehr. Auf dem Flug und danach war mir klar geworden, dass Maria mir nicht ganz so leicht vergeben würde, wie ich es erhofft hatte. Also entschuldigte ich mich zuerst einmal zerknirscht. Es tat mir ja auch wirklich leid. Es hätte doch alles ganz anders herauskommen sollen.

Dann begann ich mit meinem Bericht.

„Ich ging nach Kiel in der Überzeugung, dort an einem wichtigen Projekt mitarbeiten zu dürfen. Du hast vielleicht gemerkt, wie sehr ich mich darauf gefreut hatte, in Kiel zu arbeiten. Forschung und Entwicklung, das ist mein Interessensgebiet in meinem Beruf. In der ersten Woche dachte ich mir noch nicht viel dabei, dass ich im äusseren Büro eingeteilt worden war. Ich dachte mir, das sei eine Art Einführungszeit. Als ich dann in der zweiten Woche immer noch Arbeiten erledigen musste, die auch eine viel weniger gut ausgebildete Kraft hätte erledigen können, begann ich mich zu ärgern und fragte nach.

Es stellte sich heraus, dass man nie im Sinn gehabt hatte, mich für Arbeiten an der Entwicklung der neuen Bohrspitze einzusetzen. Das war nämlich das „ach so wichtige" und geheime Projekt. Jetzt kannst du dir vielleicht vorstellen, wie sehr ich enttäuscht war. Zuerst habe ich noch versucht, mit mehr Einsatz und mit neuen Ideen das Vertrauen der Geschäftsleitung zu gewinnen, um sie umzustimmen. Als dies auch nicht die gewünschte Wirkung zeigte, war mein einziges Ziel, wenigstens die Pläne zu sehen. Die Berechnungen nachzuvollziehen, wenigstens im Geheimen teilzuhaben. Der Eintritt in den Forschungsraum ist nur mit einem Ausweis möglich, der an ein Lesegerät bei der Türe gehalten werden muss. Zusätzlich werden am Abend alle Pläne in Kästen weggeschlossen.

Am Bohrkopfprojekt arbeitete ein Team von vier Mitarbeitern. Wie mich das wurmte, wenn sie an mir vorbei mit gewichtiger Miene den Badge zückten und den inneren Raum betraten. Ich musste mich lange gedulden, aber eines Tages hatte ich Glück. Es gab eine Konferenz. Eine Delegation aus Zürich war gekommen und wollte informiert werden. Meine Kollegin im äusseren Büro war zuhause geblieben. Sie litt unter Schwangerschaftsübelkeit.

Meine Kamera hatte ich schon seit Tagen dabei, immer auf eine Gelegenheit hoffend. Als der letzte des Forschungsteams in aller Eile aus dem inneren Büro heraus hastete, stand ich neben dem Aktenschrank schon bereit und huschte ins Innere des Büros, bevor die Türe ins Schloss fiel. Ich machte meine Aufnahmen so gut es ging. Zu gerne hätte ich mir die Pläne in Ruhe angeschaut, aber ich hatte zu grosse Angst davor entdeckt zu werden. Ich hatte auch noch Schiss, als ich schon längst wieder an meinem Platz sass. Was hatte ich nur getan? Wie viele Jahre musste man wohl für Industriespionage hinter Gitter?

Und trotzdem, es war auch ein Adrenalinrausch. Endlich würde ich die Pläne sehen können! Den Film würde ich allerdings nicht in Kiel entwickeln lassen, das war mir viel zu heikel. Auf der Reise, dachte ich mir, vielleicht in Kuala Lumpur oder Singapur. Wenn ich ehrlich bleiben will, kann ich dir nicht sagen, ob ich mit den Informationen auf den Plänen etwas angefangen hätte. Ich weiss ja nicht einmal, ob sie brauchbar gewesen wären. Mein Hauptantrieb war meine Neugierde, mein Wissensdurst."

Ich hatte pausenlos geredet. Von Maria waren nur vereinzelt ein paar Töne – des Erstaunens wahrscheinlich – zu hören gewesen.

Nun meldete sie sich: „Das erklärt aber immer noch nicht, warum du mir nichts dir nichts verschwunden bist."

„Nun, darauf bin ich wirklich nicht stolz und bitte dich noch einmal von Herzen um Vergebung. Ich hatte es also geschafft, hatte den Film mit den Aufnahmen in meiner Tasche. Wohin damit? Du hattest mir erzählt, du würdest deine Freundin Beatrice besuchen und bei ihr übernachten. So flog ich nach der Arbeit von Hamburg aus nach Zürich. Ich hatte noch keinen Plan, wo ich den Film deponieren wollte. Ich wollte ihn einfach nicht bei mir in Kiel haben. Als ich dann in der Wohnung ankam, stand dein neuer Koffer im Büro. Du hattest ihn gerade erst von Adriana geschenkt bekommen. Das kam mir vor wie ein Zeichen.

Ich öffnete den Koffer und schaute unter das Futter. Da sah ich den Ort zwischen Gestänge und dickem Aussenmaterial, wo ich die Filmbüchse optimal platzieren konnte. Ich befestigte sie mit schwarzem Klebeband. Sie war praktisch nicht zu sehen. Ich fühlte mich erleichtert. Ich würde ja bei dir sein auf der Reise. Sollte aus irgendeinem Grund jemand tatsächlich deinen Koffer durchsuchen und wegen der Filmrolle misstrauisch werden, hätte ich sofort gesagt, dass es meine sei.

So schlief ich ein paar Stunden auf dem Sofa, nahm den ersten Flug nach Hamburg und fuhr direkt weiter zur Arbeit. Dies passierte während der zweitletzten Arbeitswoche in Kiel."

Ich sah Maria an, dass sie unbedingt etwas sagen wollte, aber sie hielt sich zurück. Sie wusste, jetzt kam der entscheidende Teil der Geschichte.

„In der letzten Woche spürte ich eine grosse Unruhe im Entwicklungsteam. Sie waren einem Durchbruch nahe, das war klar. Da machte ich meinen grossen Fehler. Ich hatte Buchmeier, Strebel und Haupt in die Mittagspause gehen sehen. Ich wartete darauf, dass auch Müller hinausging, und schlüpfte wie beim letzten Mal durch die sich schliessende Türe. Was ich nicht gewusst hatte war, dass sich der Boss selbst schon seit dem frühen Morgen im inneren Forschungsraum aufhielt.

„Neugierig Warren?", fragte er. „Aus eigenem Interesse oder für die Konkurrenz?"
Natürlich beteuerte ich, dass ich aus purer Neugierde gehandelt hatte, aber es half nichts. Ich kam in Untersuchungshaft. Achtundvierzig schreckliche Stunden! Man durchsuchte mich und meine Kleider. In meiner Unterkunft wurde alles auf den Kopf gestellt. Aber da war nichts, was man hätte finden können. Sie mussten mich laufen lassen. Zur Firma zurück konnte ich nicht. Mein Boss hatte mir nahe gelegt, Deutschland zu verlassen und mich auch in der Schweiz nicht mehr blicken zu lassen. Er hatte gemeint, er wisse dann schon, wen er packen müsse, wenn auch nur der Hauch eines Gerüchtes seines Projektes nach draussen dringe.

Ich floh nach Amerika Maria, und warum ich dich nicht kontaktierte, ist dir hoffentlich klar. Ich schämte mich. Auch wollte ich dich nicht in die Sache hineinziehen. Ich wollte dich beschützen, darum habe ich mich nicht gemeldet. Ich hatte ja keine Ahnung, ob sich die Sache mit meiner Freilassung erledigt hatte oder ob ich immer noch unter Beobachtung stand. So, jetzt weisst du alles. Ich sehe ein, dass all dies kein gutes Licht auf mich wirft. Bitte glaube mir, nie vorher habe ich je etwas Kriminelles getan und nie wieder werde ich mich in diese Sphären hinunter lassen. Es entspricht mir ganz und gar nicht.

Bitte Maria, lass uns das Ganze vergessen, lass uns so tun, als sei das alles nie passiert! Ich liebe dich doch!"

Maria ~ 23. Januar

Ich brauchte Zeit. Für mich alleine. Dies sagte ich William auch, der es wortlos akzeptierte. Durch den wunderschön angelegten Garten mit Steinskulpturen und blühenden Bäumen ging ich am Swimming-Pool vorbei an den Strand. Es war bereits nach fünf Uhr. Die Dämmerung hatte eingesetzt. Am Strand sah ich junge, Fussball spielende Männer, Familien mit Kindern, die Sandburgen bauten. Verliebte Pärchen, Strandspaziergänger, Hundehalter mit ihren Hunden, gar zwei Reiter auf ihren Pferden, die den Strand entlang galoppierten. Dies alles und mehr fand mühelos Platz, denn der Strand war breit.

Die Linien im Sand zeigten an, dass sich das Meer zurückgezogen hatte. Es musste Ebbe sein. Trotzdem sah ich auch Surfer, die auf eine geeignete Welle warteten. Die meisten Leute am Strand waren jedoch gekommen, um den Sonnenuntergang mitzuerleben. Das allabendliche Spektakel, wenn sich der Himmel in leuchtende Gold-Orange-Rot-Töne verfärbt, und die Sonne ins Wasser taucht. Heute war leider noch ein kleines, graues Band über dem Meer dazwischen gekommen. Trotzdem, die Farbenpracht war von einer überirdischen Schönheit.

Die Sonne war beinahe untergetaucht, als Cooper auf mich zu schlenderte und sich zu mir in den Sand setzte. Ein Blick in meine Augen musste ihm verraten haben, wie es um mich stand. Er legte wortlos tröstend seinen Arm um meine Schultern. Ich war so durcheinander, ich konnte nicht einmal weinen. Ich konnte einfach die Informationen, die ich von William erhalten hatte, nicht richtig verarbeiten. Der Abschied von Li, das Wiedersehen mit William. Dann seine Geschichte. Trauer, Freude, Wut, Erstaunen, Unglauben, dies alles empfand ich gleichzeitig und konnte es nicht richtig einordnen. Was war mir wichtiger? Dass ich William wieder hatte oder sein Betrug? Den Betrug an der Firma hätte ich wohl schlucken können, hätte er ihn mir rechtzeitig gebeichtet. Aber dass er mir das antun

konnte. Einen Monat lang wortlos zu verschwinden, mich im Ungewissen zu lassen, was sagte das über unsere Beziehung? Abgesehen davon, dass er sein Diebesgut in meinem Koffer versteckt hatte. So viel zu: „Ich wollte dich beschützen!"
Die Sonne war eingetaucht, es wurde kühler.

„Hast du Hunger", fragte Cooper, „neben meiner Unterkunft hat es einige nett aussehende Restaurants."

Wortlos stand ich auf und nickte. Dann besann ich mich darauf, dass ich irgendwann mal wieder würde sprechen müssen und sagte darum noch: „

Ist gut, dann kannst du mir auch gleich zeigen, wo du wohnst."

Dies tat Cooper dann auch. Er hatte einen Bungalow in einer einfachen, kleinen Anlage gemietet. Das Innere des Bungalows war schon etwas in die Jahre gekommen. Das Bad sehr einfach, aber gross. Dafür hatte sein Bungalow eine schöne Terrasse und die Gartenanlage war traumhaft. Weniger geplant als der sorgfältig angelegte Garten in meinem Hotel, aber die wunderschönsten blühenden Bäume mit gelben, weissen und rosa Blüten.

„Weisst du zufälligerweise, wie diese Bäume heissen?", fragte ich.

„Das weiss ich wohl", sagte er, „ich bin nämlich Landschaftsgärtner von Beruf. Das sind Frangipani."

„Oh, du bist Landschaftsgärtner, wie interessant!", und ich erzählte ihm vom Ausflug mit Li in Port Dickson.

Während des Essens unterhielten wir uns über möglichst harmlose Dinge. Erst zum Schluss fragte Cooper: „Ich muss zurzeit nur eines wissen zu deiner Geschichte mit William. Hat er dir erzählt, dass er einen Film in deinen Koffer versteckt hat? Das war doch William, oder?"

Ich war total perplex. Woher wusste Cooper von dem Film?

„Ja, das hat er mir erzählt", antwortete ich.

Cooper meinte dann noch, dass er wirklich gerne mit mir ausführlicher über William reden würde. Und dass er noch viel lieber alles hören würde, was ich ihm über Li erzählen konnte. Dass aber heute wohl genug auf mich eingeprasselt sei und wir unser Gespräch deshalb besser verschieben sollten. Ich war damit absolut einverstanden. Ich war so müde, ich hoffte nur, dass ich würde schlafen können.

Ausgestreckt in meinem Hotelbett dachte ich an Li, die sich sicher Sorgen um mich machte. Und ich stellte mir vor, wie sie immer noch alleine am Flughafen ausharrte, um endlich das Flugzeug Richtung Schweiz besteigen zu können. Dann schlief ich tatsächlich ein.

Li ~ 24. Januar

Nun sass ich also im Flugzeug Richtung Schweiz. Mir schien, ich flog genau in die falsche Richtung. Es war so schön gewesen Cooper zu sehen. Und der Kuss! Wenn ich nur daran dachte, kribbelte es wieder in meinem Bauch. Es war ein wirklich guter Kuss gewesen. Nicht dass ich eine Expertin war auf diesem Gebiet, aber wenn etwas wirklich gut ist, spürt man das schon. Aus uns hätte wohl tatsächlich etwas werden können. Aber ich mit meinem verzwackten Leben. Ich tat mir einen Moment lang aufrichtig leid. Aber nur einen Moment, dann verbot ich mir dieses unnütze, alles verhindernde Gefühl. Das Leben ging weiter. Blöder Spruch, aber wahr.

Maria und William, was dort wohl abging? Ich war froh, dass ich Marias Reaktion auf William hatte sehen können. Ich wusste, dass sie die richtige Entscheidung für sich treffen würde. Sie war so viel selbständiger und reifer geworden auf dieser Reise. Ich war sicher, die Zeit der Fremdbestimmung war für Maria vorbei. Ich vermisste sie. Zu lange hatte ich keine richtige Freundin gehabt und jetzt war ich schon wieder alleine. Mensch dieses Selbstmitleid war aber auch wirklich schwierig abzuschütteln!

Ich sollte mich wohl besser auf die Schweiz konzentrieren. Was wollte ich überhaupt dort? Es wäre gut, wenn ich wenigstens selbst wüsste, was ich wollte, sonst würde ich meine Interessen nur sehr schwer vertreten können, wenn es denn nötig war. Das Haus, unser Haus, jetzt mein Haus, was wollte ich damit? Meine Mutter hatte mehrmals den Versuch gemacht, mit mir über das Finanzielle nach ihrem Ableben zu sprechen. Ich wollte nicht. Ich wollte nichts darüber hören.

Allerdings wusste ich, dass das Haus den Eltern meines Vaters gehört hatte. Schon er war darin aufgewachsen. Mein Grossvater hatte eine Polsterei betrieben. Als meine Grosseltern in eine Alterswohnung umzogen, zogen meine Eltern ein und bauten die Polsterei in ein Ladenlokal um. Bald darauf kam ich zur Welt. Ich war von klein auf schon immer mehr oder weniger im Laden gewesen. Hatte dort meine Bücherecke und meine Puppen gehabt. Der Laden war mehr oder weniger mein Spielplatz. Nur wenn Kunden kamen, verzog ich mich nach oben in die Wohnung oder nach draussen. Später hatte ich dann meine Hausaufgaben dort gelöst oder auch schon beim Dekorieren des Ladens geholfen.

In den letzten Jahren war das Haus aber nicht nur mein Zuhause gewesen, sondern auch mein Gefängnis. Ich war froh, dass es ganz mir gehörte. Froh, dass Martin anscheinend keinen Anteil daran hatte, aber ich konnte mir nicht vorstellen, dass ich die nächsten paar Jahre darin würde wohnen wollen. Und ich würde es ganz bestimmt nicht Martin und seiner Neuen überlassen! Damit hatte ich wohl diesbezüglich meinen ersten Entschluss gefasst und erlaubte mir vor dem Einschlafen noch ein paar schöne Gedanken. Alle handelten sie von Cooper.

Cooper ~ 24. Januar

Heute würde mich nichts und niemand davon abhalten nun endlich diese Geschichte komplett zu hören. Es war schon in Ordnung sich wie ein Gentleman zu benehmen, aber die Neugierde brachte mich fast um.

Vor allem wollte ich herausfinden, ob es überhaupt eine Chance gab, dass ich Li je wiedersehen würde. Ich hatte noch genügend Geld für ein Flugticket in die Schweiz, aber nicht viel mehr als das. In Asien hätte mir dieses Geld natürlich noch monatelang gereicht. Nicht dass ich mir deswegen Sorgen machte. Ich hatte mich noch immer und überall über Wasser halten können. Die Frage war, wollte sie, dass ich ihr in die Schweiz folgte?

Ich sass auf meiner Veranda, es war noch recht früh, als ich Maria sah, die hinter Wayan auf einen mir schräg gegenüberliegenden Bungalow zusteuerte. Ihr ganzes Gepäck hatte sie dabei. Entweder ging es ihr um die räumliche Distanz zu William, oder sie hatte sich bereits entschlossen diese Beziehung zu beenden. Dies und alles andere würde ich sicher bald von ihr hören. Endlich!

Tatsächlich, ein paar Minuten später kam sie zu mir herüber. Ich schaute sie fragend an.

„Ich will ihn momentan nicht sehen", sagte sie nur.

„Hast du schon gefrühstückt?", fragte ich sie.

„Nein, ich wollte so schnell wie möglich weg. Soll er doch einmal spüren, wie sich das anfühlt", meinte sie etwas trotzig.

„Aha, du hast ihm also keine Nachricht hinterlassen?", fragte ich.

„Nein, habe ich nicht. Kommst du mit in das kleine Restaurant von gestern Abend?", fragte sie.

„Hier kriege ich erst morgen etwas zu essen und das ist mir definitiv zu spät."

Natürlich ging ich mit. Netterweise spannte sie mich nicht lange auf die Folter. Kaum hatte sie den ersten Kaffee intus und etwas Fruchtsalat mit Joghurt, da legte sie los.

Sie erzählte mir ihre Version der Geschichte, wie sie Li im Flugzeug kennengelernt hatte, und wie sie danach zusammen auf ihre Reise gegangen waren.

Und dann erzählte sie mir auch noch den Rest. Und warum Li hatte in die Schweiz reisen müssen. Eine sehr traurige Geschichte, und wieder dachte ich, dass ich mich zurzeit ganz und gar nicht am richtigen Ort auf dem Erdball aufhielt.

Maria ~ 24. Januar

Ich berichtete Cooper ausführlich alles, was mir irgendwie wichtig erschien. Mit Genugtuung registrierte ich seine Reaktion auf Lis Geschichte. Wie diese ihn betroffen machte zeigte mir, dass ihm wirklich etwas an ihr lag.

Danach erzählte er mir seine Version der Geschichte. Er zeigte mir die Fotos der Pläne, die für mich jedoch nicht deutbar waren. Wegen dieser Bilder war ich tatsächlich zur Fahndung ausgeschrieben worden. Was wäre wohl passiert, hätte man mich gefunden und hätte ich den Koffer mit dem Film darin dabei gehabt? Ich durfte gar nicht daran denken!

Eine Riesenwut stieg in mir auf. Und in diesem Moment wurde mir mit aller Gewissheit klar, dass es nichts mehr zu flicken gab an der Beziehung mit William. Mein Vertrauen in ihn war zerstört. Hätte er Vertrauen zu mir gehabt und mit mir über seinen Frust am Arbeitsplatz gesprochen, wäre dies alles wohl nicht passiert. Aber auf *hätte* und *wäre* kann man kein gemeinsames Leben aufbauen.

Eben kam William die Strasse entlang gehastet. Ich hatte nicht erwartet, ihm nicht mehr zu begegnen. Legian war nicht sehr gross. Alle Touristen bewegten sich mehr oder weniger an denselben zwei Strassen, die zum Meer führten. Natürlich gab es auch noch kleinere Zwischenwege, aber da Williams Hotel und unsere Bungalowanlage beide an der Jalan Padma lagen, war es nur eine Frage der Zeit gewesen, dass wir uns begegneten. Nachdem ich nun einen endgültigen Entschluss gefasst hatte, wollte ich sowieso gleich reinen Tisch machen und den Schlussstrich ziehen.

William zu sehen tat immer noch etwas weh. Der Traum, wie es hätte sein können und sollen, liess sich nicht so leicht wegwischen. Ah, da kamen sie schon beinahe wieder, diesen blöden Tränen! Ich konzentrierte mich auf den kunstvoll geschnitzten Aschenbecher auf dem Holztisch. Eine dieser wunderschönen Frangipani-Blüten lag darin. Dann sagte ich zu Cooper:

„Würdest du uns bitte einen Moment alleine lassen, aber nicht allzu weit fortgehen? Ich hätte dich gerne in der Nähe, wenn ich jetzt mit William Schluss mache."

Cooper klopfte mir aufmunternd auf die Schulter und ging in den Musikladen gleich nebenan.

William war unterdessen angelangt.

„Ich darf dir wohl keine Vorhaltungen machen, dass du ohne ein Wort aus dem Hotel gezogen bist, aber ich muss schon sagen, dein Verhalten ist recht kindisch", damit setzte er sich auf den mir gegenüberliegenden Stuhl. „Können wir uns jetzt vielleicht wie zwei Erwachsene unterhalten", fragte er mit gerunzelter Stirne.

„Das wird nicht lange dauern", erwiderte ich. „Dies ist das letzte Mal, dass ich mit dir sprechen werde. Ich habe dich gestern angehört. Ich habe über deine Aktionen in Ruhe nachgedacht und ich finde deine Handlungen widerlich."

William wollte etwas einwenden.

„Nein William, du hörst dir jetzt an, was ich dir zu sagen habe. Dass du deinen Arbeitgeber ausspioniert hast, ist eine Sache. Dass du den Film in meinem Koffer versteckt hast und ohne ein Wort abgehauen bist, ist eine andere. Hast du dir schon einmal überlegt, was das für Folgen hätte haben können? Weisst du, dass ich von Interpol gesucht worden bin?"

Jetzt wurde er bleich.

„Was passiert, wenn sie den Koffer jetzt noch finden in Ko Samui und ihn zu mir zurückverfolgen und somit auch zu dir? Ich weiss ja nicht, was die Polizei für Möglichkeiten hat, aber wohl ist mir nicht bei dieser Sache."

William nahm den Faden sofort auf: „Maria Schätzchen, du überreagierst sicher. Lass uns doch, um dich zu beruhigen, zurück nach Ko Samui fliegen und schauen, ob der Koffer noch in dem Laden steht. Dann musst du auch Adriana nicht beichten, dass du ihr Geschenk einfach so verhökert hast. Wie hiess der Laden gleich nochmal?"

„Ich werde nirgendwohin reisen mit dir. Der Laden steht in der Nähe des Hafens. Er ist blau gestrichen und mit thailändischen Zeichen angeschrieben. Der Besitzer heisst Somchai. Falls du selbst hingehen möchtest, bitte sehr. Aber wir sind

hier und jetzt am Ende unserer gemeinsamen Zeit angekommen. Ich wünsche dir alles Gute für die Zukunft und vor allem, dass du aus dieser Sache etwas gelernt hast. Ich will dich nie mehr wieder sehen oder etwas von dir hören. Darum bitte ich dich um einen letzten Gefallen. Reise ab, egal wohin, und solange bis dein Flug geht, bleib' in deinem Hotel!"
William setzte seinen Hundeblick auf und wollte etwas sagen, aber ich hob die Hand und unterbrach ihn schon beim ersten Ton:

„Es gibt nichts mehr zu sagen. Verschwinde oder ich weiss nicht was ich tue." Mein Griff zum Aschenbecher zeigte jedoch glasklar, was ich als nächstes tun würde.
Ein letztes Achselzucken von William, dann drehte er sich um und ging.

Ich legte ein paar Geldscheine auf den Tisch und strauchelte tränenblind Richtung Hotel. Rundherum besorgte balinesische Gesichter. Ich hatte sicher gerade irgendetwas aus dem Gleichgewicht gebracht, dass sie mühevoll mit Opfergaben und

Gebeten wieder ausgleichen mussten. Cooper war mir gefolgt. Er nahm meine Hand, drückte sie und sagte:

„Gut gemacht Maria, Kopf hoch."

Li ~ 25. Januar

Ich hatte den ersten Zug nach Zürich Hauptbahnhof genommen, den ich erwischen konnte und musste dort nicht lange auf eine Verbindung nach Luzern warten. Es war noch früh am Morgen gewesen, so um die sechs, sieben Uhr. Noch dunkel. In Luzern war es dann etwas heller geworden, aber nicht viel. Ein trüber, kalter Tag, meiner Stimmung entsprechend.

Ich musste mich zwingen, den Heimweg einzuschlagen. Vom Bahnhof links der Reuss entlang und über den Rathaussteg. Das Wahrzeichen der Stadt, die Kapellbrücke, lag im Nebel. Weiter hinein in die Altstadt. Ich fröstelte. Das Frösteln, ich wusste es, kam nicht alleine von der Kälte, sondern auch von meiner Furcht. Alles in mir sperrte sich dagegen, das leere Haus zu betreten, mein Haus. Mein Zuhause? Es würde kein Zuhause mehr geben für mich, vielleicht nie mehr.

Ich schloss die schwere Holztür auf, die von der Seitengasse direkt in das Treppenhaus führte. Geradeaus lag die Türe zum Laden. Kunden betraten den Laden jedoch durch die Glastür von der Hauptgasse her. Ich tastete nach dem Lichtschalter. Ich hatte beschlossen, mir alles genau anzusehen.

Mein Treffen mit Martin war für den nächsten Tag vorgesehen. Ich hatte ihn von Singapur aus über meinen Rückflug orientiert. Er hatte gemeint, ich solle mich zuerst noch ein paar Tage akklimatisieren, aber ich wollte es so schnell wie möglich hinter mich bringen.

Zuerst der Laden. Er stand halb leer. Martin war offenbar eifrig am Werk gewesen. Ich konnte es ihm nicht verdenken. Was hätte er sonst tun sollen. Ich war ja nicht erreichbar gewesen. Trotzdem, es sah erschreckend aus, lieblos. Hier war nur ausgeräumt worden, nicht neu arrangiert und gestaltet. Gut, er hatte offenbar nicht die Absicht, hier irgendwie tätig zu bleiben.

Ich atmete einmal tief durch und stieg die Holztreppe hinauf in die obere Etage zur Wohnung. Es knarrte vertraut. Die Wohnungstür war abgeschlossen, natürlich. Ich kramte nach dem Schlüssel. Die Türe öffnete sich mit demselben Geräusch, das sie immer machte. Der Korridor war unverändert. Die Küche, das Wohnzimmer, alles sah aus wie immer. Martins Zimmer war leer bis auf das Bett und den leergeräumten Schrank. Er hatte schon ein paar Jahre sein eigenes Zimmer gehabt, um meine Mutter nicht zu stören, wie er gesagt hatte.

Ein Blick in mein Zimmer verriet mir, dass jemand etwas darin gesucht hatte. Wahrscheinlich nach Hinweisen, ob ich nur abgehauen war oder gar versucht hatte, mich umzubringen.

Zögernd wandte ich mich dem Schlafzimmer meiner Mutter zu. Ich hatte wirklich, als ich abgereist war nicht vorgehabt, je wieder zurückzukehren. Ich hatte gedacht, ich würde die Vergangenheit hinter mir lassen und ganz neu anfangen. Die Gespräche mit Maria hatten mir klargemacht, dass dies nicht der richtige Weg war. Ich würde mich meiner Trauer stellen, sie zulassen müssen. Ich würde auch um meine Rechte kämpfen, wenn nötig. Ich war nun ganz und gar für mich und mein

Leben zuständig und das hiess, nicht kopflos weglaufen, sondern Entscheidungen treffen. Entscheidungen, die sich auf mein ganzes weiteres Leben auswirken würden.

Mit diesen Gedanken betrat ich das Zimmer meiner Mutter. Es war leer. Nicht an Möbeln. Die Möbel waren alle noch da, bis auf das Spitalbett, das wir gemietet gehabt hatten. Dort war eine Lücke. Jemand musste aufgeräumt haben. Es standen keine Medikamente auf dem Nachttisch, keine Bücher und keine Illustrierten lagen verstreut herum im Raum. Irgendwie fühlte es sich klinisch sauber an. Den Geist meiner Mutter fand ich nicht in diesem Raum. Ich war auf alles Mögliche vorbereitet gewesen, aber nicht auf dieses.

Es war mir schwer gefallen, den Schritt ins Zimmer zu machen, gleichzeitig hatte ich aber den Schmerz spüren wollen. Und jetzt empfand ich nur Leere.
Ich wollte schon in mein Zimmer zurückkehren als ich, einem Impuls folgend, auf den Kleiderschrank zuging und dessen Türe öffnete. Der wohlbekannte

Duft meiner Mutter umfing mich auf der Stelle. Ich setzte mich auf das Tablar inmitten der Kleider und heulte los.

Cooper ~ 25. Januar

Ich musste immer noch lachen beim Gedanken, dass William wahrscheinlich schon auf dem Weg nach Ko Samui war, um zu versuchen, den Film zurück zu erhalten. Was für eine geniale Rache Maria da in den Sinn gekommen war!

Maria und ich wollten so schnell wie möglich Li informieren, aber bei dieser Zeitverschiebung musste man höllisch aufpassen und ausserdem sollte Li sich ganz auf ihre Angelegenheiten konzentrieren können, meinte Maria.

Wir hatten seit Neuestem ein paar italienische Mitbewohner in unserer Bungalow-Anlage und es war ungefähr fünf Minuten gegangen, bis sich Maria mit ihnen angefreundet hatte. Jetzt sah ich sie zu siebt auf einer Terrasse, lachend und schwatzend in dieser wunderbar tönenden Sprache, von der ich leider ausser Spaghetti und Pizza nichts verstand.

So schlenderte ich also alleine los, die Padma Strasse rauf und die Legian Strasse runter. Aus dem Timor Art Shop tönte, ganz im Kontrast zu den anderen Shops entlang der Strasse, Vivaldi „die vier Jahreszeiten"

Die drei langhaarigen Jungs im Laden waren unterschiedlich beschäftigt. Der Eine verzierte eine Rattantasche mit Muscheln und Holzperlen, der Andere trennte einen Ikat Sarong in verschiedene Bahnen auf, und der Dritte wob ein Armband aus Glasperlen. Dazwischen hatten sie aber alle Zeit, um mit den Mädchen zu flirten, die vorbei flanierten.

Ich mochte diesen Laden, den ich bereits seit einem früheren Aufenthalt in Bali kannte. Der Besitzer Ali, ursprünglich aus Padang Sumatra, war bereits vor zwanzig Jahren nach Bali gekommen und hatte mit einem Partner zusammen den Timor Art Shop aufgebaut. Hier konnte man Musikinstrumente, schön gewobene Stoffe und Antiquitäten von den verschiedensten Inseln Indonesiens kaufen. Mich faszinierten die verschiedenen Muster und erdigen Farbtöne der Stoffe.

Ali kannte sich gut aus und konnte anhand des Musters erklären, woher die einzelnen Tücher stammten. Er sprach englisch, aber ungern. Zum Glück hatte ich mir etwas malaiisch angeeignet, was dem Indonesischen sehr ähnlich ist. Ali hielt sich meist im Hintergrund und überliess den Verkauf den gutaussehenden Jungs. Nur wenn Grosseinkäufer den Laden betraten, übernahm er. Irgendwie musste er mich mögen, verschwendete er doch seine Zeit an mich, obwohl ich noch nichts gekauft hatte.

Ich dachte an Li und ihr Antiquitätengeschäft und ihr Interesse an Innenarchitektur. Dieser Laden hätte ihr bestimmt gefallen. Ich machte mir nämlich so meine Gedanken. Li und ich wohnten an ziemlich verschiedenen Enden der Welt. Und obwohl ich sicher nichts dagegen gehabt hätte, mir die Schweiz und den Rest Europas einmal anzusehen, konnte ich mir beim besten Willen nicht vorstellen, was ich dort über längere Zeit tun sollte.

Der Job bei der Detektei hatte mir Spass gemacht, aber am Anfang deutlich mehr als jetzt.

Ausserdem hielt er mich im Grunde genommen nur knapp über Wasser.

Ok, meine Gedanken eilten mir voraus. Li und ich hatten kaum Zeit miteinander verbracht und trotzdem hatte ich das sichere Gefühl, dass wir zusammen gehörten. Ein Geschäft in der Art des Timor Art Shops, oder das Aufspüren von interessanten Artikeln in Asien … das wäre eventuell etwas, das Lee und ich in der Zukunft zusammen machen könnten…

Ich musste wohl abgedriftet sein. Ali schaute mich fragend an. Hatte er etwas gesagt? Ah ja, einen Tee hatte er mir angeboten. Wie unaufmerksam von mir. Ich nahm dankend an und er schickte einen der Jungs los, um im nächsten Warung einen teh manis zu kaufen. Er sah wohl einen potentiellen Kunden in mir, dieser Ali, und wenn ich es mir genau überlegte, hatte er vielleicht sogar recht.

Li ~ 26. Januar

Martin war da gewesen. Wir hatten am Küchentisch gesessen und geredet. Zuerst hauptsächlich Martin.

„Ich weiss Li, dass du herausgefunden haben musst, dass ich ein Doppelleben geführt habe. Dein Verhalten mir gegenüber hatte sich verändert. Nur hatte ich deiner Mutter versprochen, nicht darüber zu reden und daran habe ich mich gehalten. Auch wenn man mir vieles vorwerfen kann, wenigstens an die Abmachungen mit deiner Mutter habe ich mich gehalten.

Ich bin nicht stolz auf mich. Ich bin ein schwacher Mensch. Als deine Mutter krank wurde, habe ich zuerst mein Bestes versucht, aber mein Bestes war eben nicht gut genug. Wäre deine Mutter gesund geblieben … ach, lassen wir das.

Tatsache ist, sie wurde krank und ich konnte nicht damit umgehen. Ich kam immer weniger nach Hause und irgendwann lernte ich dann Irene kennen. Die war fröhlich und unternehmungslustig, interessierte sich für mich und meinen Beruf, und so kamen wir zusammen.

Deine Mutter wusste so ziemlich von Anfang an Bescheid. Sie war eine tolle, intelligente und starke Frau und ich liebte sie wirklich. Aber ich konnte nicht so leben. Und so trafen wir die Abmachung, dass ich hier eine Art von Normalität aufrechterhalten würde, damit ich da war, wenn sie starb. Sie wusste, dass es nicht mehr lange dauern würde und sie wollte, dass ich dich unterstütze und berate. Es ging dann doch etwas länger, bis sie sterben durfte, aber ich hielt mich an alles, was wir abgemacht hatten.

Vielleicht war es der falsche Weg und es tut mir leid, dass du dich gezwungen gesehen hast, alles stehen und liegen zu lassen, um heimlich zu verschwinden. Vielleicht hättest du mir mehr vertrauen können, wenn du die Wahrheit gewusst hättest, vielleicht aber auch nicht. Jedenfalls bin ich jetzt froh, dass du da bist, dass dir nichts Schlimmes passiert ist. Dir ist doch nichts Schlimmes passiert, oder?"

Er blickte mich fragend an. Ich schüttelte nur den Kopf.

„Ich werde es dir überlassen, ob du in Zukunft noch etwas mit mir zu tun haben willst oder nicht. Irene weiss über alles Bescheid und lädt dich herzlich ein, für eine Weile bei uns in Bern zu wohnen, anstatt hier in dem leeren Haus. Aber was ich für dich tun werde, ob du willst oder nicht, ist das Geschäftliche richtig zu regeln und dich über deine Vermögensverhältnisse aufzuklären. Das habe ich deiner Mutter versprochen und ich werde es halten. Du sagst mir, ob wir gleich damit beginnen, oder ob du das Gesagte erst einmal verdauen musst und wir das Geschäftliche ein anderes Mal anpacken sollen."

Ich war dankbar, nun endlich die Wahrheit zu wissen. Dankbar, dass meine Mutter nicht in dem Masse hintergangen worden war, wie ich es mir ausgemalt hatte. Ich war froh, nun endlich reinen Tisch zu machen, aber ich wollte dies alles so schnell wie möglich hinter mich bringen. Allein in diesem Haus zu wohnen war schrecklich. Zu Martin und Irene zu ziehen war unvorstellbar. Ich würde hier alles so schnell wie möglich erledigen und danach ins nächste Flugzeug Richtung Asien steigen. Das würde ich tun und nichts anderes.

So machten Martin und ich eine Liste mit dem, was zu tun war. Als erstes wollte ich einen Termin auf dem Notariat vereinbaren, um meinen Namen als neue Besitzerin dieser Liegenschaft eintragen zu lassen. Martin hatte aber auch noch eine gute Nachricht. Unsere Nachbarsfamilie hatte sich scheinbar für das Haus interessiert. Diesen Faden würde ich gleich am nächsten Tag aufnehmen.

Zusätzlich einigten sich Martin und ich auf den Geldbetrag, den er mir für meinen Anteil am Geschäft überweisen würde. Ich hatte darauf bestanden, dass er mein geklautes Geld von der Summe abzog, obwohl ich die Vermutung hatte, dass er das Ganze eher zu seinen Gunsten berechnet hatte. Ich wollte darauf aber keine Energie verschwenden, für mich war es eine Menge Geld. Ich war damit für eine ganze Weile versorgt. Konnte zurück zur Schule gehen und auch studieren, wenn ich wollte. Für mich zählte mehr, dass ich endlich wieder ein reines Gewissen hatte.

Wie es wohl Maria ergangen war? War sie glücklich vereint mit William oder hatte sie ihn zum Teufel geschickt? Und Cooper? War er noch in Bali? Wartete er dort auf mich?

Maria ~ 26. Januar

Li hatte vielleicht das Gespräch mit Martin schon gehabt unterdessen. Ich hoffte so sehr, dass es ihr gut ging so alleine in der Schweiz.

Meine „ich bin eine starke und unabhängige Frau Phase" schien sich bereits langsam wieder zu verabschieden. Am liebsten wäre ich zu Cooper in seinen Bungalow umgezogen, aber daran hätte Li bestimmt keine Freude gehabt auch wenn sie mir glaubte, dass ich keinerlei amouröse Absichten hegte.

Tatsache war, ich lebte nicht gerne alleine. Als ich endlich bei Adriana weggezogen war in meine eigene Wohnung, hatte ich am Anfang grosse Freude am Einrichten, aber wirklich glücklich war ich erst gewesen, als William bei mir eingezogen war. Nun, der war Geschichte.

Gestern, als ich zu der italienischen Gruppe Kontakt aufgenommen hatte, sah ich einen Lichtschimmer am Horizont. Jedoch hatte eines der Mädchen mir nach einer Weile unmissverständlich klargemacht, dass es Zeit war zu gehen. Sie sah mich wohl als Konkurrentin. Ich wollte niemandem den Urlaub verderben, deshalb hatte ich mich wieder verzogen. Cooper war nirgends zu sehen gewesen. Ich ging dann noch zum Strand. Die Abendstimmung war schön gewesen, aber sie stimmte mich traurig. Ich fühlte, dass es langsam Zeit war nach Hause zurückzukehren.

Cooper ~ 27. Januar

Maria war den ganzen Tag in sich gekehrt gewesen. Jedes Mal wenn ich sie sah, machte sie ein bedrücktes Gesicht. Ich hatte nicht nachgefragt. Mit dieser William Story musste sie alleine fertig werden. Ich war ganz und gar nicht dafür geeignet, jemandem über Liebeskummer hinwegzuhelfen.

Nun auf dem Weg zum Telefonamt, blühte sie richtig auf. Erzählte mir von ihrer grossen Schwester Adriana und, was mich viel mehr interessierte, von Li, die gemäss Maria mit allen Situationen des Lebens auf Reisen meisterlich umgehen konnte. Wir hatten beschlossen, zuerst Li anzurufen. Als ich den Tarif pro Minute sah, musste ich erst mal leer schlucken. Viele Telefonate in die Schweiz konnte ich mir ohne einen Job nicht leisten. Maria war zuerst dran. Ich verstand natürlich kein Wort von dem was sie sagte. Auf jeden Fall war es eine

Menge. Als ich endlich dran war, verzog sie sich, damit ich ungestört reden konnte.

Ich hatte mich so auf das Telefonat gefreut und jetzt, wo ich Li endlich am Draht hatte, brachte ich ausser ein „Wie geht es dir" kein Wort heraus. Es war zum verrückt werden!

Li schien es ebenso zu gehen. So sagte ich noch etwas zu Maria und William und sie sagte noch etwas über geschäftliche Termine, aber über uns sagten wir nichts. Sie fragte, ob ich in drei Tagen um dieselbe Zeit hier sein würde, damit sie mich anrufen könne. Ich gab ihr stattdessen die Telefonnummer unserer Bungalowanlage durch. Das war so ziemlich das Persönlichste, über das wir sprachen. Es war alles sehr hölzern und unnatürlich, deshalb beendete ich das Gespräch, sobald es irgendwie ging.

Ich hätte mich ohrfeigen können. Was war ich nur für eine Memme! Reiste ihr einen Monat lang hinterher. Flog ihr zuliebe nach Bali, wo ich nun wirklich gar nichts zu tun hatte, und brachte es nicht fertig, ein richtiges Gespräch zu führen. Gut, die Technik hatte auch nicht geholfen. Man musste zuerst einen Gesprächsrhythmus finden. Wegen der langen Distanz dauerte es immer einen Tick, bis die Sätze ankamen. So passierte es häufig, dass zuerst niemand sprach und dann beide gleichzeitig und man verstand kein Wort.

Marias Taktik einfach einmal alles aufs Mal zu sagen und nachher zuzuhören, war sicher besser gewesen. Sie war aber auch in einer ganz anderen Situation. Li und ich hatten wohl beide versucht herauszuhören, was der andere so empfand. Ob und wie gross das Interesse war unter den veränderten Umständen.

Nun, das war ja wohl gründlich misslungen. Ich ärgerte mich masslos, hauptsächlich über mich selbst, aber zunehmend auch über die Distanz. Für mich war in diesem Moment klar, wie das Ganze enden würde. Im Nichts.

Li ~ 27. Januar

Ich hatte mich so auf dieses Telefongespräch gefreut! Maria hatte im Schnelltempo eine Zusammenfassung der Geschehnisse heruntergerasselt. Ich gab mir Mühe, meine Geschichte gleich schnell zu erzählen. Ich wusste ja, dass sie ein halbes Vermögen für dieses Gespräch würden zahlen müssen. Es war mir ganz und gar nicht recht. Aber es war so schön, Marias vertraute Stimme zu hören!

Dann kam Cooper ans Telefon und schwupp, mein Hirn verabschiedete sich auf Nimmerwiedersehen für die ganze Gesprächsdauer. Was für ein Ärger! Ich sass im Korridor auf der Kommode unter dem Wandtelefon, und starrte fassungslos an die nächste Wand.

Was hatte ich mir eigentlich gedacht? Dass Cooper gleich nach dem ersten Hallo anfangen würde Liebesworte in mein Ohr zu flüstern? Warum war ich nicht besser vorbereitet gewesen? Ich hatte in den letzten Tagen und Wochen schon hunderte Gespräche mit Cooper geführt, allerdings nur in meinem Kopf. Jedes davon wäre besser gewesen als dieses. Ich hatte ihn nicht einmal nach seinen Plänen gefragt. Wie blöd war das denn?! Ich konnte doch nicht erwarten, dass er ewig auf mich warten würde in Bali. Sowieso nicht nach diesem Telefongespräch. Ich hatte ja noch nicht einmal sagen können, wie lange es hier noch dauerte.

Das einzig Tröstliche war, dass ich wenigstens die Geistesgegenwart gehabt hatte, um ein nächstes Telefongespräch zu planen. Das würde ich dann aber wirklich gut vorbereiten. Ich würde vorher alles aufschreiben, was ich sagen wollte und dann würde ich es sagen, alles, laut aussprechen würde ich es. Was hatte ich schon zu verlieren? Ich konnte von Glück sagen, wenn Cooper am Freitag das Gespräch tatsächlich noch entgegen nehmen würde.

Ich war mir sicher, dass auch er sich viel mehr vom Gespräch heute erwartet hatte. Er würde sich vermutlich gerade in diesem Moment fragen, was er eigentlich von mir wollte. Mist!

Es klingelte an der Haustüre. Es waren Frau Hauser und ihr Mann, die Nachbarn.

„Entschuldige bitte Li, dass wir stören. Dürfen wir überhaupt noch du sagen, du bist ja jetzt erwachsen."

„Natürlich Frau Hauser, guten Tag Herr Hauser, kommt doch bitte herein. Möchtet ihr einen Kaffee?"

Sie kamen herein, boten mir das Du an, Elsbeth und Walter, und kamen auch bald zur Sache.

Ihre Tochter Agnes sei in Erwartung und sei, zusammen mit ihrem Mann Urs, auf der Suche nach einem Wohn- und Geschäftshaus. Die beiden hätten den Traum, einen eigenen Souvenirladen zu eröffnen und darum seien sie auch so interessiert an meinem Haus, falls es denn zu vermieten oder zu verkaufen sei. Wie praktisch es wäre, die Grosseltern gleich nebenan zu haben.

Natürlich hatten sie mir vorher noch kondoliert und gesagt, was für eine wunderbare Frau meine Mutter gewesen sei und immer so freundlich, trotz der Krankheit usw.

Ich war bereits gestern Nacht zum Entschluss gekommen, dass ich nicht alleine in diesem Haus leben wollte. Ich wusste noch nicht genau, wie es mit mir weitergehen würde, aber ich wusste, verkaufen würde ich das Haus nicht. Zumindest nicht jetzt. Ich sagte deshalb zu Elsbeth und Walter, dass Agnes und ihr Mann sich das Haus doch so schnell wie möglich ansehen sollten. Und dass ich mir vorstellen könnte, mit ihnen einen langjährigen Mietvertrag abzuschliessen, mit einem Vorkaufsrecht, falls ich mich dazu entschliessen würde, das Haus zu verkaufen. In Gedanken dankte ich Martin, für diesen Vorschlag, den er als Idee so für mich formuliert hatte.

Elsbeth und Walter dampften überglücklich ab.

Ich blieb alleine zurück und natürlich kreisten meine Gedanken sofort wieder um das Telefongespräch. Am liebsten hätte ich auf gut Glück gleich angerufen aber dann hätte ich wohl wieder losgestottert und das wollte ich nun wirklich vermeiden.

Maria ~ 27. Januar

Ich war so froh zu hören, dass Li und Martin sich ausgesprochen hatten und dass sich alles regeln würde. Ich rief dann auch gleich noch Adriana an, um ihr das Neueste mitzuteilen. Das heisst, ich sagte ihr nur, dass ich William getroffen hatte in Singapur und dass ich mit ihm Schluss gemacht hatte und dass ich bald nach Hause käme.

„Da bin ich aber froh", meinte sie. „Es ist mir schwer genug gefallen, dich Richtung Amerika ziehen zu lassen, als ich noch dachte, mit William sei alles in Ordnung. Nach seinem Verschwinden konnte ich es kaum fassen, dass du immer noch an dem ursprünglichen Plan festhalten wolltest, aber jetzt wird alles wieder gut! Du kommst nach Hause und wohnst bei uns, bis du einen Job gefunden hast. Dann suchst du dir in aller Ruhe eine neue Wohnung. Am besten bei mir in der Nähe. Und dann wirst du dich irgendwann wieder verlieben, und zwar hoffentlich in jemanden, der in der Schweiz wohnt, oder wenigstens in Europa. Das ist doch wohl nicht zu viel verlangt!

Übrigens, siehst du dort in Asien auch einmal eine Zeitung? Dein alter Arbeitgeber hat Schlagzeilen gemacht. Anscheinend ist denen eine grossartige Erfindung gelungen. Eine Bohrspitze mit der man viel schneller viel tiefer bohren kann, wenn ich das richtig verstanden habe. Der Aktienkurs der Firma schoss jedenfalls in die Höhe wie eine Rakete. Nun, das muss dich nicht mehr interessieren. Ich finde, du solltest dich vollkommen neu orientieren."

Ich musste Adriana dann irgendwann ausbremsen, sie sprach mal wieder ohne Punkt und Komma und die Uhr tickte. Ich versprach, bald nach Hause zu kommen und legte auf. Cooper war bereits fertig gewesen und wartete draussen. Er war angespannt, das sah man schon von weitem. Ein Gesichtsausdruck, als hätte ihm jemand die Suppe gründlich versalzen.

„Was ist los", fragte ich.

„Ich bin ein kompletter Idiot, das ist los", antwortete er. „Ich bin scheinbar nicht in der Lage, ein Telefongespräch zu führen. Das ist eine denkbar schlechte Voraussetzung für eine Fernbeziehung. Wenn man hier überhaupt von einer Beziehung sprechen kann. Ich kenne sie ja kaum."

Nach diesem kurzen aber heftigen Ausbruch schwieg er ausführlich. Ich versuchte zu beschwichtigen, sagte ihm, dass er und Li füreinander geschaffen seien und dass er dies selbst auch wisse und nicht gleich aufgeben solle wegen eines Telefongesprächs. Keine Reaktion.

So erzählte ich ihm, was ich von Li und Adriana erfahren hatte. Das entlockte ihm wenigstens so eine Art Knurren. Unterdessen waren wir zurück in der Bungalowanlage angekommen. Cooper nickte mir kurz wortlos zu und verzog sich.

Li ~ 28. Januar

Ich kam gut voran. Ich packte und sortierte aus wie besessen. Am Abend vorher hatte sich bereits Agnes gemeldet und gefragt, ob sie und ihr Mann heute das Haus besichtigen dürften. Natürlich durften sie.

Kisten hatten wir im Lager haufenweise herumstehen, darum verlor ich keine Zeit. Ich begann in meinem Zimmer, das war einfach. Auch das Wohnzimmer war nicht schwierig. Ausser ein paar Büchern und ein paar Bildern wollte ich gar nichts behalten. Die fertig gepackten Kisten stellte ich in den Estrich. Der war so gross, dass es die neuen Mieter sicher nicht stören würde, wenn ich eine Ecke für mich beanspruchte. Ich unterbrach die Packerei, um zu duschen und zum Notariat zu gehen. Den Termin hatte ich am Vortag vereinbart und die nötigen Unterlagen in derjenigen Schublade gefunden, die für die wichtigen Akten reserviert war. So weit so gut. Nur konnte ich mich nun nicht dazu durchringen zum Haus zurückzukehren um weiterzumachen, und ich wusste auch wieso. Als nächstes würde ich mich um die Privatsachen meiner Mutter kümmern müssen.

Stattdessen spazierte ich der Reuss entlang zum See. Es war ein kalter, klarer Wintertag. Die Sonne wärmte nur wenig. Dafür war die Sicht in die Berge atemberaubend. Ich blickte auf den See hinaus, ein kalter Wind strich mir durch die Haare.

Was wollte ich? Bald musste ich mich entscheiden. Zum ersten Mal in meinem Leben konnte ich wirklich selbst bestimmen. Was wollte ich? Es war so viel einfacher zu sagen, was ich nicht wollte. Ich wollte nicht in meinem Haus wohnen. Ich hatte überhaupt keine Lust, zur Schule zurückzukehren. Ich konnte mir nicht vorstellen, mit anderen Jugendlichen die Schulbank zu drücken, die alle mindestens drei Jahre jünger waren als ich. Ich würde sowieso wieder abseits stehen, deren Interessen nicht teilen können.

Ich wäre gerne mit Maria weitergereist. Das wäre wohl der einfachste Weg gewesen. Das ging aber nicht, weil Maria nächstens in die Schweiz zurückkehren, eine Arbeit suchen, und ein geregeltes Leben führen würde. Bald würde sie einen neuen Verlobten finden, denn die Verehrer würden Schlange stehen, davon war ich überzeugt.

Was ich wirklich wollte war, mehr Zeit mit Cooper verbringen. Ihn näher kennenlernen. Ob das wohl möglich war? Was waren seine Erwartungen an mich? Dass ich aus dem Flugzeug steigen würde, um direkt mit ihm ins Bett zu fallen? Als Preis dafür, dass er so lange auf mich gewartet hatte? Oder würde er uns die Zeit zugestehen, uns richtig kennenzulernen? Auf der anderen Seite, das musste ich mir ehrlich eingestehen, wäre ich furchtbar enttäuscht, wenn das Wiedersehen freundschaftlich oder gar kumpelhaft stattfinden würde. Das Leben war kompliziert, wirklich! Wie auch immer, versuchen musste ich es. Beim nächsten Telefongespräch musste ich seine Pläne erfahren, und dann würde ich einmal ihm nachreisen, wohin auch immer. Der Rest würde sich nach und nach ergeben. Schliesslich konnte man nicht alles planen. Finanziell musste ich mir bis auf weiteres keine Sorgen machen, das half. Ich wusste jetzt, was zu tun war. Mein Kopf war frei.

Ich ging zurück ins Haus und direkt ins Schlafzimmer meiner Mutter. Auch von ihren Sachen wollte ich nicht viel behalten. Mein Lieblingssommerkleid, das sie auf dem letzten Ausflug getragen hatte, als die Familie noch vollzählig gewesen war. Ein festliches Kleid, das sie einmal an Weihnachten getragen hatte.

Ich war nicht sicher, ob die Bilder die vor meinen Augen entstanden Erinnerungen waren, oder eine Abwandlung der Fotografien aus den Alben, die ich ebenfalls einpackte. Schmuck hatte meine Mutter nicht viel besessen und während ihrer Krankheit überhaupt keinen mehr getragen.
Ich fand einen Ring mit einem blauen Schmuckstein, vermutlich ein Saphir, eine Goldkette mit Anhänger, drei paar goldene Ohrringe und die Eheringe meiner Eltern. All dieses legte ich in einer Dose zu den anderen Sachen in die Kartonschachtel.

Dann packte ich noch eine Dose voll mit wichtigen Papieren und es war vollbracht. Es war gar nicht so schlimm gewesen. Ich hatte mich auf gute, schöne Erinnerungen konzentriert, jeden Gedanken an Krankheit und Tod im Keim erstickt. Heute wollte ich das Andenken an das Leben meiner Mutter feiern.

Cooper ~ 29. Januar

Nachdem ich mich, ich musste es mir leider selbst eingestehen, viel zu lang aufgeführt hatte wie ein Idiot, fand ich langsam wieder zu mir selbst. Ich ging an den Strand, mietete ein Brett und ritt ein paar Wellen. Das klärte mir endgültig den Kopf.

Es war eine bunt zusammengewürfelte Gesellschaft, die sich hier zum Surfen versammelte, wie sich später am Strand herausstellte. Es machte richtig Spass zuzuhören, woher die Jungs kamen, welche Orte sie auf der Suche nach der perfekten Welle schon bereist hatten und wohin sie noch wollten. Auf Bali schien ein Strand in der Nähe des Ulu Watu Tempels sehr beliebt zu sein. Die Insel Nias vor Sumatra, von der ich bis anhin überhaupt noch nie etwas gehört hatte, war ein weiterer Ort. Dann wurden natürlich auch Strände auf Hawaii genannt. Als man merkte, dass ich Australier bin, wurde ich ausgequetscht wie eine Zitrone. Mir schien, der Grossteil dieser Leute tat nichts anderes, als den Wellen zu folgen. Ich muss sagen, sie wirkten sehr glücklich dabei, lebensfroh, mit ihren phantasievollen Frisuren und bunten Kleidern.

Nach einer Weile wurde es mir jedoch etwas langweilig. Surfen ist für mich ein Sport, ein Hobby aber kein Lebensinhalt. Ich zog los, um Maria zu suchen. Ich wollte mich für mein unmögliches Benehmen entschuldigen.

Maria ~ 30. Januar

Ich fing schon an, mir Sorgen zu machen, als endlich die Türe aufging. Dann ein Schrei und eine stürmische Umarmung, bei der ich beinahe gestürzt wäre.

„Maria! Na sowas! Komm herein, komm herein! Es ist so schön dich zu sehen!"
Ich folgte Li die Treppe hinauf in die Küche. So war Li also aufgewachsen. Ich würde mir später alles ganz genau ansehen. Aber zuerst brauchte ich dringend einen Kaffee. Ein richtiges, feines, dunkles Schweizerbrot hatte ich auf dem Weg in einer Bäckerei gekauft. Es duftete verführerisch aus seiner Papiertüte und roch nach Heimat.

„Mach's dir bequem und schiess los", sagte Li, während sie sich an der Kaffeemaschine zu schaffen machte und anfing, den Tisch zu decken.

„Ja das war so. Nach den Telefongesprächen mit dir und Adriana gab ich mir noch eine Nacht, um zu überlegen, was zu tun sei. Mit Cooper konnte ich nicht sprechen, aber dazu komme ich später. Am nächsten Tag mietete ich ein Bemo und fuhr zum Thai Airways Büro nach Sanur.

Dort fragte ich, ob es möglich sei, meine Reiseroute zu ändern und zurück in die Schweiz zu fliegen. Und zwar so schnell wie möglich. Und siehe da, es war möglich. Ich musste nur die Umbuchungskosten bezahlen.

Am nächsten Tag sass ich im Flieger nach Bangkok. Dort musste ich ewig warten, weil der Flug nach Zürich erst nach Mitternacht abflog, aber weisst du was? Es war mir völlig egal. Ausserdem hatte ich einen sehr netten Sitznachbarn. Maurizio, ein Modeeinkäufer aus Mailand. Sieht super gut aus und ist sehr nett. Wir haben die Nummern ausgetauscht. Das heisst, er gab mir seine Nummer und ich ihm diejenige von Adriana. Hoffentlich ruft er nicht an, bevor ich mit ihr gesprochen habe!"

Während ich mein Frühstück mit Hochgenuss verspeiste, erzählte mir Li, was bei ihr seit unserem Telefongespräch so alles passiert war. Dann führte sie mich durch die Wohnung, die schon recht kahl ausschaute, weil Li schon so viel zusammengepackt hatte. Ich war nun wirklich müde. Ich entschied mich für Martins Zimmer, damit ich Li nicht im Weg war. Bevor ich schlafen konnte, musste ich Li aber noch schnell erzählen, wie Cooper auf das Telefongespräch reagiert hatte, damit sie wusste, dass er dringend etwas Aufmunterung gebrauchen konnte.

Ich hatte Cooper leider nicht mehr persönlich treffen können vor meiner Abreise. Alles war so schnell gegangen. Deshalb hatte ich ihm einen Brief hinterlassen. Ich hoffte sehr, dass er mir dies nicht übel nahm. Ich hatte ein furchtbar schlechtes Gewissen deswegen. Aber ich hatte wirklich dringend nach Hause gewollt und war sehr froh gewesen, dass es mit der Umbuchung geklappt hatte. Ich bat Li auch noch einmal, mich bei Cooper zu entschuldigen und zudem wünschte ich ihr noch alles Gute für das Telefongespräch. Zu mehr reichte es nicht mehr. Ich musste schlafen.

Li ~ 30. Januar

So eine Überraschung! Maria bei mir zu Hause. Ich freute mich sehr, sie zu sehen aber irgendwie passte es in meinem Kopf nicht ganz zusammen. Maria war für mich reisen, Sonne, Meer, Abenteuer. Und jetzt schlief sie nebenan in Martins Zimmer. Das war schon merkwürdig.

Was bedeutete das überhaupt? Hatte Maria insgeheim gehofft, sie könne hier mit mir zusammen wohnen? Das wäre durchaus denkbar gewesen, wenn es mich nicht so zu Cooper ziehen würde. Mit Maria zusammen hätte ich es schon aushalten können, im Haus wohnen zu bleiben. Aber wollte ich das? Nein, war die ehrliche Antwort. Deshalb nahm ich ein Blatt hervor und schrieb mir in Stichworten auf, was ich Cooper sagen würde, sofern er mein Telefonat überhaupt noch entgegen nahm.

1. Bitte warten oder sagen wo treffen
2. Zeit zusammen verbringen, richtig kennen lernen
3. Sehen wie sich die Dinge entwickeln
4. Kein Druck für keinen von beiden

Das war's. Mehr war nicht zu sagen.
Alles Weitere würde sich ergeben, oder eben nicht.

Cooper ~ 30. Januar

Die Zeit verstrich im Schneckentempo. Nyoman, der heute die Rezeption hütete, schaute mich immer mal wieder fragend an. Aber ich wollte heute kein Gespräch anfangen. Ich wollte voll konzentriert sein und bereit, wenn der Anruf kam. Wenn der Anruf kam. Was, wenn er nicht kam? Nein, daran durfte ich jetzt nicht denken.

Es war schon ein rechter Schock gewesen, dass Maria einfach abgehauen war. Ich hatte fest damit gerechnet, dass Li zu uns stossen würde und wir eine Weile zu dritt unterwegs sein würden. Nicht, dass ich etwas dagegen gehabt hätte, Li alleine für mich zu haben. Aber würde sie kommen, nur für mich? Hatte sie genug Vertrauen. Glaubte sie an ein UNS? Das Telefon klingelte. Nyoman griff zum Hörer, schaute mich an und schüttelte den Kopf. Wieder nichts. Dann wurde gelabert und gelabert. Ich sass wie auf Kohlen. Häng auf du Trottel!, wollte ich schreien. Es brauchte meine ganze Selbstbeherrschung, dass ich ruhig sitzen blieb. Endlich legte er auf.

Da, es klingelte wieder!

„Hello .. hello … hello", sagte Nyoman. Ich riss ihm praktisch den Hörer aus der Hand.

„Hallo? Bist das du Li?" Es knackte und rauschte in der Leitung. Ganz von Ferne hörte ich ein fragendes:

„Cooper?"

„Ja, ich bin's", antwortete ich. „Ich höre dich, aber nicht sehr gut, hörst du mich auch?"

„Ja, ich höre dich, schwach, aber ich höre dich."

Diesmal hatten wir es besser drauf mit der Zeitverzögerung. Li hatte sich offenbar auch etwas vorgenommen. Sie fuhr gleich weiter.

„Cooper, bitte höre zu bis zum Ende und sprich erst dann. Es wäre einfacher für mich. Wenn du magst, würde ich so bald ich kann, und ich glaube, es dauert höchstens noch ein zwei Wochen, in ein Flugzeug steigen Richtung Asien. Du kannst sagen, wo du sein wirst und ich werde dorthin kommen.

Ich würde dich gerne besser kennenlernen. Ich würde gerne mehr Zeit mit dir verbringen und sehen, was daraus wird. Ist das ok für dich? Cooper?"

Jetzt hatte ich wieder meinen Einsatz verpasst. Ich war so überrascht gewesen, dass sie so klar formuliert hatte, was ich mir gewünscht hatte.

„Li, hör zu, Li. Genau das habe ich mir gewünscht. Ich werde hier warten, bis du kommst. Ich möchte dir hier nämlich etwas zeigen. Ich habe einen Antiquitäten Shop entdeckt. Da musste ich sofort an dich denken. Vielleicht könnten wir so etwas zusammen in Australien aufziehen. Ich weiss, ich weiss, ich eile der Zeit jetzt gerade ziemlich voraus, aber ich kann es mir so gut vorstellen! Komm so schnell du kannst, ich warte!"

„Ok versprochen, ich komme so schnell ich kann", sagte Li.

„Bis bald", sagten wir beide zusammen, kicherten noch ein wenig und beendeten das Gespräch.

Ich glaube nicht, dass Nyoman schon je einen glücklicheren Gast in seiner Rezeption gehabt hatte. Und wahrscheinlich hatte er auch noch nie einen erwachsenen Mann durch die Gartenanlage hüpfen sehen.

Maria ~ 31. Januar

Als ich die Augen öffnete, hatte ich absolut keine Ahnung, wo ich war. Ich brauchte einen Moment, um zu realisieren, dass ich zurück in der Schweiz war und bei Li zu Hause.

Das Zimmer war kahl und unwohnlich, dafür war das Bett mit der guten Matratze und dem Kissen und der Bettdecke aus Daunen umso gemütlicher. Warum man es wohl in vielen Ländern vorzog, ein steinhartes Kopfkissen zu benutzen? Eventuell zur Stählung des Nackens oder zur Prävention des Doppelkinns? Ich griff mir prüfend ans Kinn. Immer noch straff, alles in Ordnung.

Ich hörte Li in der Wohnung herumgehen, gönnte mir aber noch einen Moment im Bett. Was sollten meine nächsten Schritte sein?

1. Definitiv Adriana Bescheid sagen, dass ich zurück in der Schweiz war.
2. Li helfen, damit sie so schnell wie möglich zu Cooper reisen konnte, wenn sie dies denn immer noch wollte.
3. Maurizio anrufen oder warten, ob er sich meldete?

Punkt drei war etwas schwierig. Ich war in dieser Beziehung etwas altmodisch und der Meinung, der Mann müsse sich zuerst melden. Aber unter den gegebenen Umständen (nämlich, dass ich unter der Nummer die ich ihm gegeben hatte gar nicht zu erreichen war) wäre es eventuell möglich eine Ausnahme zu machen?

Oder würde mich Li heute bitten, zu Adriana zu ziehen, damit sie ihre Angelegenheiten in Ruhe in Ordnung bringen konnte? Ich seufzte, sah ich doch ein, dass ich keinen der drei Punkte vom Bett aus erledigen konnte. Wie schade! Zudem hatte ich Punkt vier ganz ausser Acht gelassen. Ich musste dringend überprüfen, wie mein Bankkonto aussah. Danach wüsste ich auch, wie eilig es war mit der Stellensuche. Na dann mal los!

Li war positiv gestimmt, das sah ich sofort. Das Telefongespräch mit Cooper musste gut verlaufen sein. Das freute mich sehr.

„Ich werde dich gleich ausquetschen, ich muss nur schnell Adriana Bescheid sagen, dass ich gesund und munter in der Schweiz angelangt bin. Was ich noch wissen sollte, bevor ich anrufe. Darf ich eine Weile hier wohnen bleiben? Ich zahl dir auch Miete, oder ist es besser ich ziehe gleich zu Adriana?"

„Also es ist so", druckste Li ein wenig herum, „Agnes und ihr Mann mieten das Haus ab April. Sie kommen heute noch her, um den Mietvertrag zu unterschreiben und ein paar Masse zu nehmen. Das Haus steht demzufolge Februar und März leer und du bist herzlich willkommen hier zu wohnen, selbstverständlich ohne zu bezahlen, aber ich … ich werde nicht hier sein."

Sie wurde tatsächlich ein wenig rot.

„Natürlich nicht!" erwiderte ich lachend.

„Du wirst in dieser Zeit mit Cooper Händchen halten und in den Sonnenuntergang reiten. Alles klar!

„Jetzt muss ich aber wirklich Adriana anrufen. Die bringt mich um, wenn sie herausfindet, dass ich schon seit gestern in der Schweiz bin, ohne mich zu melden."

Ich griff zum Telefonhörer und wählte die Nummer:

„Hallo Adriana, rate mal wo ich bin?" Und dann nach viel Freudengeheul folgten die erwarteten Fragen.

„Seit wann bist du zurück? Warum hast du nicht vorher angerufen? Wo wohnst du überhaupt? Warum bist du nicht direkt zu mir gekommen?"

Und dann noch eine unerwartete Frage:

„Wer ist Maurizio?"

Mein Herz vollführte gerade einen kleinen Freudentanz. Er hatte tatsächlich bereits angerufen! So beantwortete ich Adrianas Fragen, so gut ich konnte. Ich versprach, sie am Wochenende zu besuchen, aber zu ihr ziehen kam momentan für mich nicht in Frage. Sie war etwas enttäuscht, aber ich glaube die Freude, dass ich zurück war überwog. Meine liebe Schwester!

Li ~ 31. Januar

Ich hatte überhaupt keine Zeit gehabt, um mit Maria zu sprechen. Zuerst hatte sie lange geschlafen, dann hatte sie eine Ewigkeit mit ihrer Schwester telefoniert und als sie endlich aufgelegt hatte, hatte sie mich gefragt, ob sie wohl nach Italien telefonieren dürfte. Natürlich durfte sie.

Sie hatte allerdings zu meiner Überraschung nicht ihre Eltern angerufen, sondern Maurizio, den Mann vom Flugzeug. Ich verstand nur ein paar Brocken italienisch, aber dass dies eine sehr angeregte Konversation war, verstand sogar ich. Wobei Konversationen in Italienisch per se angeregt geführt werden. Das ist ein Teil der Kultur.

Maria hatte gerade noch Zeit gehabt, mir schnell zu erklären, dass Adriana und sie sich zuerst absprechen wollten, was man den Eltern für eine Geschichte auftischen wollte. Scheinbar auf keinen Fall die Wahrheit, da man beider Herz und Nerven schonen wolle.

Schon klingelte es und Agnes und ihr Mann Urs standen vor der Türe. So verbrachte ich also die nächsten eineinhalb Stunden mit den Beiden. Führte sie nochmals herum und gab Auskunft. Irgendwann dazwischen stiess Maria dazu und raunte mir ihren Vorschlag ins Ohr. Das war's, das war die Lösung!

Nachdem ich mit Agnes und Urs alles Geschäftliche besprochen hatte und der Mietvertrag unterschrieben war, tranken wir noch richtig feierlich einen Tee zusammen. Sie zogen freudeerfüllt los und ich jauchzte und umarmte Maria. Die hatte mir nämlich vorgeschlagen, dass sie, falls ich wollte, alles Weitere für mich regeln würde, damit ich ab sofort frei sei, zu gehen.

Li ~ 3. Februar

Es war ein sonniger Wintertag. Der Himmel so blau wie auf einem Ferienprospekt und auch die schneebedeckten Bergspitzen fehlten nicht. Luzern zeigte sich zum Abschied von der schönsten Seite.

Mir war das egal. Ich wollte nur zum Flughafen und fort. In Kloten angekommen, hastete ich Richtung Check-in Schalter – Singapur Airlines diesmal. Im Vorbeiweg warf ich dem Panflötenspieler, zum ersten Mal überhaupt, etwas Geld in seinen Hut.

Viel zu früh sass ich am Gate. Ich war kribbelig und erwartungsfroh. Ich sah mich um.
Diesmal war leider kein blondgelocktes Engelchen in Sicht. Das machte aber nichts, ich hatte ja meines schon gefunden.

Dank Maria war ich mit Martin, und was noch viel wichtiger war, mit mir selbst wieder im Reinen.

Dank ihr hatte mich Cooper gesucht und gefunden und dank ihr würde ich jeden Moment das Flugzeug besteigen, das mich zu meinem Liebsten brachte.

~~~

BARBARA ZARMAN

pendelt zwischen zwei Welten und wohnt mit ihrem indonesischen Mann und der gemeinsamen Tochter in Wädenswil, am Zürichsee, in der Schweiz.

*https://www.facebook.com/**barbarazarman**author/*
instagram: @barbarazarman

Reiseziele

1. ....
2. ....
3. ....

Bücher

1. ....
2. ....
3. ....

Songs

1. ....
2. ....
3. ....

Anderes

1. ....
2. ....
3. ....